RAU

HORST MÜNNICH

# DER VIERTE PLATZ

*Chronik*
*einer westpreußischen Familie*

WALTER RAU VERLAG
DÜSSELDORF

50. - 55. Tausend der Gesamtauflage
© 1973 by Walter Rau Verlag · Düsseldorf
Einbandentwurf: Arnfried Haupt
Satz und Druck: Hans Kock, Bielefeld
Printed in Germany

ISBN 3-7919-0150-8

*Für Modeste*

INHALT

ERSTER TEIL

**ENTSCHEIDUNG AUF SOBOWITZ**

9

ZWEITER TEIL

**JADWIGA**

63

DRITTER TEIL

**MEIN TANZENDES KIND**

101

VIERTER TEIL

**IM KREIDEKREIS**

153

ERSTER TEIL

# ENTSCHEIDUNG AUF SOBOWITZ

*Es* ist November. Über die Ebene östlich Berlins peitscht der Wind, eisiger Vorbote eisiger Zeiten. Wir schreiben das Jahr 1945. Ein Zug klappert über Schienen, die seit dem letzten Winter niemand gerichtet hat. Ein Wunder, daß sie noch auf den Schwellen liegen, oder die Schwellen unter ihnen. Was nicht niet- und nagelfest ist, hat die Besatzungsmacht abtransportiert. Sie transportiert noch immer ab: auf den Güterwagen liegen Maschinenteile, alte Nähmaschinen, Fahrradrahmen, verrostete Registrierkassen. Beutegut. Bestimmungsort: Brest-Litowsk. An den Güterwaggons hängen ein paar Personenwagen. Die ersten zwei mit demselben Bestimmungsort: Brest-Litowsk. Die drei anderen werden in Warschau abgehängt. Hier und da ist noch Glas in den Fenstern. Die meisten Fenster sind mit Brettern und Pappe vernagelt. Es ist kalt. Russische Soldaten, die in Urlaub fahren, und polnische Repatrianten sitzen und liegen auf den Bänken. Das Singen der Russen vorn dringt durch die Holzwände. Die Schnapsflasche kreist. Man hat noch nicht die Oder erreicht. Hinter der Oder wird es die erste Kontrolle geben.
Bis dorthin hat die Frau, die in dem Holzabteil des dritten Wagens mit geschlossenen Augen in der Ecke lehnt, eine Fahrkarte. Sie hat sie in Berlin-Lichtenberg gelöst und ohne weiteres bekommen. Sie hält die Karte mit beiden Händen fest. An den Haken, der für Mäntel bestimmt ist, hat sie eine Zeltbahn geknüpft und halb um sich geschlagen – es zieht herein, und die Zeltbahn flattert. Man kann das Gesicht der Frau nicht erkennen. Würde ein Lichtschein es streifen, so sähe man, daß sie nicht hier ist, sondern weit fort – – – mit ihren Gedanken.

... Ich habe nie Feinde gehabt. Man war immer gut zu mir. Ich konnte nicht verstehen, warum es Böses auf der Welt gibt. Die Knechte, die Mägde, der Aufseher, der Verwalter – zwar wußte ich, daß sie nicht nur singen und fröhlich sein konnten, ich wußte, sie fluchten, ihre Augen konnten vor Bosheit funkeln, und wenn Janek getrunken hatte, schlug er die Pferde. Aber sobald mich die Leute auf dem Hof erblickten, lachten sie, die Peitsche, schon erhoben, um auf einen Pferderücken niederzusausen, knallte in die Luft, ihre Gesichter glänzten und ihre Bewegungen drückten Zufriedenheit aus.
Das Böse – was war das? Jedenfalls war es alt und vergangen und hatte mit meiner Zeit nichts zu tun. Meine Zeit war freundlich, alles war geordnet, jeder und jedes hatte seinen festen Platz darin.
Kam ein Fohlen auf die Welt – mir zu Freude. Fuhr ich mit Papa im Dogcart über die Felder, trat immer jemand von den Knechten und Mägden heran und berichtete, mehr an mich als an Papa gewendet, vom Fuchs, der gerade ins Kornfeld geschnürt sei oder von dem Volk Rebhühner, das nebenan im Kartoffelschlag gelockt hätte. Rollten wir gegen Mittag übers Pflaster der Dorfstraße zurück, an der Schnitterkaserne vorbei, wo auch die Pumpe war, nickten mir die Frauen verstohlen zu, starrten hinter uns her, und ich wandte mich um und winkte. Ich war glücklich, und ich glaubte, sie alle wären glücklich, mit denen ich lebte.
Hinter dem Gutswald lagen die Nachbargüter Mirau, Niedermovo und Saleschke. Ich war überzeugt, dort war es genau so. Nur einmal erhielt dieser Glaube einen Stoß, als der Gutsherr von Saleschke mit der Reitpeitsche einem Polen, der unterwegs in den Graben geraten war und ein Wagenrad zerbrochen hatte, übers Gesicht schlug.
Papa sagte: »Das ist nun einmal so auf der Welt, mein Kind, manchen Menschen ist nicht anders beizukommen.«

Ich dachte nicht darüber nach. Erst später fiel mir auf, daß er nichts gegen den Gutsherrn gesagt hatte, der sein Nachbar war.
*Die Frau zieht die Zeltbahn fester um sich. Sie will die dunklen Bilder nicht, die aus dem Rollen der Räder heraufsteigen und sie bedrängen*
Woran ich mich auch erinnere, immer blättere ich ein Märchenbuch auf. Ich sehe das Gutshaus von Sobowitz mit seinem hohen roten Dach, den Westflügel mit dem Wintergarten, den efeuberankten Mitteltrakt mit der breiten steinernen Treppe, auf der sie standen, wenn man ankam, wenn man fortfuhr, Papa, Mama, die Großeltern, die Bediensteten dahinter; ein paar Kinder, Neffen und Nichten, die im Sommer stets da waren. Ich sehe die Landschaft, eine Landschaft von gläserner Klarheit, die grün gewellten Felder hinter dem Wald, im Kutschwagen ging es hindurch, eine leichte Brise wehte von See durch den Sommer, nie war es zu heiß.
Vor der letzten Anhöhe, wo die drei Eichen standen, hielten wir. Da lag die Küste, lag Hela, lag das Meer – – –
*Sie hält inne, bohrend*
Und weiter, den Strand entlang nach Osten, sahst du nicht den Traum Polens, nicht die gerade erbauten Silos und Hochhäuser von Gdingen? Nicht die Schiffe auf der Reede draußen? Sahst du nicht die Bagger, die die versandende Fahrrinne freischaufelten, unablässig, ruhelos geschäftig gegen Strom und Zeit?
– – Ich sah die Bucht, sah ins Wiek, wo sich das Wasser kaum bewegte und einsam, wie im Paradies, die Reiher standen.
Denn wie im Paradies, so lebten auch wir. Wir lebten an irgendeinem Rande – am Rande von ... was war dahinter, was begann dort? Ich wußte es nicht.
Manchmal drangen Namen von irgendeiner Mitte in unsere Welt: Berlin. Kempinski. Papa hatte Freunde im Ministerium besucht, Regimentskameraden. Dann unterhielt man sich einen Tag lang. Friedrichstraße. Kranzler Unter den Linden. Pots-

damer Platz. Mama hatte bei Wertheim Einkäufe gemacht...
Eine Woche später war das Ereignis vergessen – und die einzige Stadt, wenn ich unser kleines Brentau nicht zähle, war Danzig.
Danzig: durch Schlagbäume getrennt vom Land, in dem wir lebten... Paßkontrolle, polnische Zöllner, Danziger Grenzjäger in ihren dunkelgrünen Uniformen... Papa hatte für jeden ein Wort, und fuhr ich allein – – – ein Abenteuer, ein kleines, es gab nicht viele. In Danzig ging ich zur Schule, behütet, frei, unbeschwert. Mit meinen Pensionseltern besuchte ich jeden ersten und dritten Sonntag des Monats Sankt Marien, nie vergaßen sie dann zu erwähnen, daß wir in der größten evangelischen Kirche der Erde säßen, und wenn ich in dem hohen, steinernen Schiff mich umsah, an den grauen Pfeilern empor in die Höhe blickte, hatte ich nicht das Gefühl von Verlorenheit, vielmehr spürte ich, daß dieser Raum wie das Land war: von unausschöpfbarer Weite, nie ganz zu füllen und doch zugleich von einer Geborgenheit, als säße ich oben unterm Dach unseres alten Speichers, wo zwischen Spinnweben leere Säcke, Planzeug und Bindegarn herabhingen, gerade wie die zerschlissenen Kriegsfahnen zwischen den Säulen von Sankt Marien.
O der Weg zurück gegen Mittag, sonntäglich geputzte Leute auf dem Langen Markt, an der Langen Brücke vorbei, wo die Dampfer lagen, die nach Zoppot fuhren, und von der Speicherinsel wehte es herüber, ein Geruch von Kien, gebranntem Kaffee und Heringslake, der sich mit dem Brackwassergeruch der Mottlau vermengte...
Jeden zweiten und vierten Sonntag aber fuhr ich nach Hause, mit dem Zug, Papa und Mama erwarteten mich am Stationsgebäude, schon von weitem sah ich den Wagen mit dem dunkelgrünen Lackanstrich, die beiden Braunen davor, die ungeduldig mit dem Eisen aufs Pflaster schlugen. Dann ging es durch die

Felder, an den Fischteichen und Seen vorbei, die Schafweide kam, der Gutswald, die Reihe der strohgedeckten Insthäuser, und die Allee schlug über uns zusammen, die Großvater gepflanzt hatte ...

*Wieder das Rollen der Eisenbahnräder. Die Frau versucht, sich an ihre Erinnerung zu klammern*

... an den Fischteichen und Seen vorbei, die Schafweide kam, der Gutswald, die Reihe der strohgedeckten Insthäuser, und die Allee schlug über uns zusammen, die Großvater gepflanzt hatte ...

*Sie hält erschöpft inne, aber der Aufruhr ihrer Gedanken läßt sie nicht los*

– Du solltest dich nicht mehr erinnern.

Ich erinnere mich, weil ich wissen möchte, ob ich es bin, die in diesem entsetzlichen Zug sitzt. Ich erinnere mich, weil ich Mut brauche für das, was ich vorhabe.

– Du fährst in das Land deiner Jugend zurück. Das Land deiner Jugend ist nicht mehr.

Das Land meiner Jugend ist nicht mehr. Aber ich muß noch einmal hin. Ich muß noch einmal hin, um an mich zu nehmen, was mir gehört.

– Was dir gehörte, gehört dir nicht mehr. Du wirst nichts mehr finden. Was dir gehörte, gehört anderen.

Was zu mir gehört. Was ein Stück von mir ist. Leib von meinem Leib. Meine Kinder. Meine Kinder gehören mir. Niemand hat das Recht, sie mir zu nehmen. Niemand. Niemand wird mich hindern, sie zu holen.

– Du hast nur diesen Gedanken.

Nur diesen einen. Seit ich sie verließ.

*Es ist November. Über die Ebene östlich Berlins peitscht der Wind, eisiger Vorbote eisiger Zeiten. Ein Zug klappert über Schienen, die seit einem Jahr niemand gerichtet hat. Ein Wunder, daß sie noch auf den Schwellen liegen, oder die Schwellen unter ihnen. Es ist kalt. Das Singen der Russen vorn dringt durch die Holzwände. Die Schnapsflasche kreist. Man hat noch nicht die Oder erreicht. Hinter der Oder wird es die erste Kontrolle geben.*

Wie heiße ich? – Ilse Bandomir. – Ich sehe noch, wie ich zum erstenmal diesen Namen auf das Blatt Papier setze, das mir Eckehard hinhält. Ilse Bandomir. Der Name Briesen war gelöscht, obwohl alle Briefe, die ich von nun an bekam, das »geborene von« hinter meinem neuen Namen vermerkten. Das war so Sitte. – Ich liebte Eckehard, er war Eleve bei uns, seine Eltern besaßen ein Gut bei Dirschau. Wir trafen uns heimlich im Obstgarten hinter den Scheunen. Es war das erstemal, daß ich etwas »heimlich« tat, und ich war einundzwanzig. Später gestand mir Mama, daß Eckehard offiziell bei ihr und Papa darum ersucht hatte, sich mit mir »heimlich« zu treffen. Ich habe Eckehard nie erzählt, daß ich es wußte.
– Warum hast du's ihm nie erzählt?
Vielleicht, weil ich wollte, daß er die Eltern nicht gefragt hätte. Als ich zweiundzwanzig war, heirateten wir. Sicher war ich die glücklichste Braut, die in Sankt Marien zum Altar gegangen ist. Wieder blickte ich an den Pfeilern hoch, wie so oft wenn ich sonntags mit den Pensionseltern hier gesessen hatte. Gestern und heute, es lag so dicht nebeneinander; konnte es je anders sein? Und wie ich nicht merkte, daß ich erwachsen geworden war, so merkte ich nicht, daß die Welt draußen sich verändert hatte – und sich von Tag zu Tag weiter veränderte. Im Grunde blieb es die Kinderwelt, die mich umgab. Papa hatte Eckehard

die Verwaltung des Vorwerks übertragen, später sollten wir das Gut übernehmen. Mama war gegen Umzüge, vielleicht wollte sie sich auch nicht trennen von mir; deshalb bewohnten wir von Anfang an den Ostflügel des Gutshauses, der im Schatten der Kastanien lag. Man nannte ihn das Aquarium, weil es immer grün und kühl dort war.

Dann kam unser erstes Kind, ein Mädchen. Plötzlich schob sich ein Schatten auf das Übermaß an Glück. Nora erkrankte an Scharlach. Eckehard spannte noch in der Nacht an und holte den Professor der Kinderklinik aus Danzig. Er kam zu spät. Nora starb. Niemand hatte es verhindern können. Dennoch litt ich wie unter einer Schuld.

Ich ließ die nächsten Kinder nicht aus den Augen. Wolf, Christa, Achim ... Sie wuchsen auf, wie ich aufgewachsen war, fast fühlte ich mich wie eins ihrer Geschwister. Und doch versuchte ich, ihnen mehr Verantwortung zu geben, als man sie mir gegeben, bemühte mich, ihnen Entscheidungen zuzuweisen, die man mir abgenommen hatte.

– Und die Welt draußen – war sie noch immer die alte, die unverändert alte Welt, über die du nicht nachzudenken brauchtest? Hörtest du nicht, was man im Hause sprach? Wenn Besuch von den Nachbargütern kam?

*ohne Arg* Ich hörte sie sprechen. Hörte Papas beschwichtigende Worte, hörte, wie er beruhigte, milderte, widersprach ...bis jener erste Septembertag kam, als der Krieg ausbrach ... Ich entsinne mich, wie ich auf der Anhöhe bei den drei Eichen stand. Ich blickte in den blauen Himmel, über den wie ein Kranichzug Flugzeuge glitten. Plötzlich, über Gdingen, kippten sie ab.

Ihr Heulen schlug herüber; Säulen aus Staub und Feuer hinterlassend, zogen sie hoch, knapp über Hela hin. Es muß sein, sagte zu Hause jemand.

– Aber du fragtest nicht, warum es sein muß?

17

Ich fragte nicht.
- Und sahst doch Unrecht und Gewalt?
Ich sah Unrecht und Gewalt, aber sie wurden mir nicht bewußt. Ich empfand sie als ... unerläßlich, als ... Tribut; Tribut an das Große, Notwendige, Rechtmäßige.
- Und das Böse?
Das Böse war für mich so fern wie eh und je. Wir waren polnische Staatsbürger gewesen, jetzt wurden wir deutsch. Wir waren stolz darauf, nicht mehr »draußen« zu leben, jenseits der Grenzen. Die Grenzen waren über uns hinweggegangen; weit weg. Nach den Kriegsgefangenen zu schließen, die auf unserem Gut arbeiteten –
- die das Bild auch nicht änderten, das du sehen wolltest?
Sie hatten es gut bei uns. Sie waren nicht besser und nicht schlechter als Polen und Kaschuben, und wenn Christa auf dem Hof erschien, glänzten ihre Gesichter und ihre Bewegungen drückten Zufriedenheit aus. Es hatte sich nichts geändert.
Nur Papa – an ihm merkte ich, daß die Zeit nicht stehengeblieben war. Die Einschränkungen, die der Krieg mit sich brachte, machten ihm zu schaffen, improvisieren lag ihm nicht, er besaß nicht mehr die rechte Übersicht und die Fähigkeit, das Notwendige anzuordnen. Er war alt geworden. Niemand konnte etwas dagegenhaben, daß Eckehard das Gut bewirtschaftete und zu Hause blieb. Aber es verdroß Eckehard, daß er sich rechtfertigen mußte, nicht an der Front zu sein.
1944 wurde er eingezogen. Ich begleitete ihn nach Stargard in Pommern; dort lag der Ersatztruppenteil, bei dem er sich zu melden hatte. Es war Juli, ich erwartete unser viertes Kind. Meine Eltern wollten mich nicht fahren lassen. Aber ich bestand darauf. Zum ersten Male setzte ich meinen Willen durch.
Als ich von dieser Reise heimkehrte, war mir, als wäre ich Jahre fortgewesen. Auf der Station wartete Kropidlowski, unser kaschubischer Kutscher. Er unterhielt sich mit einem der russischen

Kriegsgefangenen von den Nachbargütern. Sie verhandelten über irgendetwas. Als Kropidlowski mich erblickte, machte er sich an den Pferden zu schaffen ...

>    KROPIDLOWSKI   Guten Tag, gnädige Frau.
>    ILSE   Ich halte die Pferde. Holen Sie den Koffer, Kropidlowski.
>    KROPIDLOWSKI   Wollja, gnädige Frau. Wollja.

Ich sah, wie Kropidlowski über das Gleis ging. Widerwillig? Ich konnte mich irren. Kropidlowski gehörte fast zur Familie. Er war schon auf Sobowitz Kutscher, als ich geboren wurde. — Der Kriegsgefangene in seiner geflickten Litewka wendete sich seinem Gespann zu. Täuschte ich mich, daß zwischen Kropidlowski und ihm etwas war, etwas Gemeinsames, etwas, das sie verband — gegen mich?
Ich tätschelte Stella, die schnaufte und mit den Hufen aufschlug. Kropidlowski kam zurück.

>    KROPIDLOWSKI   Hier ist der Koffer, gnädige Frau.
>    ILSE   Stella ist so unruhig. Hat sie sich erschreckt?
>    KROPIDLOWSKI   Weiß nicht, gnädige Frau. Ist wohl, weil der gnädige Herr sie nicht mehr reitet.
>    ILSE   Was gibt's zu Hause? Alles in Ordnung, Kropidlowski?
>    KROPIDLOWSKI   Alles in Ordnung, gnädige Frau.
>    ILSE   Fahren wir.
>    KROPIDLOWSKI   Wollja, gnädige Frau.
>    KROPIDLOWSKI · *knallt beim Anfahren leicht mit der Peitsche, ruft* · Dowidzienia, Iwan!
>    RUSSE   Dosswidanija, Towarisch! Fsewó charóschwo!
>    ILSE   Das ist doch ein Mirau'scher Wagen?
>    KROPIDLOWSKI   Wollja, gnädige Frau.

ILSE  Und was will dieser Iwan?

KROPIDLOWSKI  Iwan Iwanowitsch? Armer Teufel der. Hat Angst.

ILSE  Angst? Wovor? · *Da der Kutscher mit der Antwort zögert* · Sag schon.

KROPIDLOWSKI  Iwan meint, Russe kommt.

ILSE  Das muß ihm doch nur recht sein – wenn es stimmt.

KROPIDLOWSKI  Dem? Iwan lebt gern. Stalin schlägt ihn tot, sagt er.

ILSE  Warum gerade Iwan?

KROPIDLOWSKI  Stalin schlägt alle Russen tot, die wo in Gefangenschaft sind.

ILSE  Kropidlowski, dein Iwan ist ein Schwarzseher.

KROPIDLOWSKI  Weiß nicht, gnädige Frau.

ILSE  Hast du denn etwa auch Angst?

KROPIDLOWSKI  Ich? Russen, Polen, mir ganz egal, was kommt. Bei mir gibt's nichts zu holen.

ILSE  Kropidlowski!

KROPIDLOWSKI  Nun, mein ja bloß.

ILSE  Jetzt hast du mir aber Angst gemacht, Kropidlowski.

KROPIDLOWSKI  I wo! War doch nur Spaß. Gnädige Frau kennen doch Kropidlowski – – –

Der Wagen rollte weiter. Ich war in meinen Gedanken bei Eckehard. Wäre er doch jetzt zu Hause, wünschte ich mir, nichts wäre von dieser Bedrückung da, dieser dunklen Ahnung, die ich nicht niederzwingen konnte und die auch nicht wich, als wir in den Gutshof einschwenkten und der Wagen vor der Treppe hielt. Der Fohlenjunge fuhr gerade Papas Dogcart weg, und da war auch Papa, und die Kinder kamen gelaufen, jubelten und fielen mir um den Hals, wie immer ...

ILSE   Wo ist denn Achim?
CHRISTA   Im Bett. Mumps, sagt der Doktor.
ILSE   Das ist ja eine schöne Bescherung.
BRIESEN   Sowas kann nie früh genug kommen. Dann hat er's hinter sich.
CHRISTA   Du kannst es auch noch kriegen, Opa – hat der Doktor gesagt.
BRIESEN   Mumps? Das hat es zu meiner Zeit nicht gegeben. Jedenfalls hat es einen anderen Namen gehabt.
CHRISTA   Wie denn?
BRIESEN   Ziegenpeter, mein Fräulein. Und den hatte ich gleich dreimal.
WOLF   Stimmt ja gar nicht, Opa. Kann man nur einmal kriegen.
BRIESEN · *wendet sich Ilse zu* · Verzeih, natürlich hätte ich dich abgeholt. Aber ich bin auch eben erst zurück – aus der anderen Richtung.
ILSE   Du warst in Danzig?
BRIESEN   Wo sonst? Aber es ist kein Vergnügen mehr. Und wie geht's Eckehard? Rekrut spielen in seinen Jahren – na ja.
ILSE · *ruft* · Tschecha, den Koffer! – Wo ist denn Tschecha?

*Die Gutssekretärin, Fräulein Gudde, tritt heran*

FRÄULEIN GUDDE   Baronesse, Tschecha –
ILSE   Tschecha soll gleich den Koffer auspacken. – Was ist denn los?
FRÄULEIN GUDDE   Die Tschecha ...
BRIESEN   Hat sie die Geschichte noch nicht überwunden?
ILSE · *fragend* · Geschichte – was denn für eine Geschichte?

BRIESEN  Tschecha ist auf und davon – vorgestern. Na, da hab ich sie holen lassen. Drüben von Mirau. Von so einer Tante, wo sie hingelaufen ist.

FRÄULEIN GUDDE  Die Gendarmen haben sie gebracht.

ILSE  Gendarmen?

BRIESEN  Erklären Sie's meiner Tochter, Fräulein Gudde · *zu den Kindern* · Kommt mit ihr Zwei · *sie gehen ins Haus*

FRÄULEIN GUDDE  Sie kennen doch den Jakucz, Baronesse. Er war Tschechas einziger Bruder ... und Pole, genau so überzeugt und leidenschaftlich wie Tschecha.

ILSE  Jakucz, ja.

FRÄULEIN GUDDE  Man hat ihn eingedeutscht.

ILSE  Eingedeutscht?

FRÄULEIN GUDDE  Wir brauchen ja Soldaten.

ILSE  Jakucz ist zur Wehrmacht gekommen?

FRÄULEIN GUDDE  Ja. Und bei Wilna gefallen.

ILSE  Nun – wo ist Tschecha jetzt?

FRÄULEIN GUDDE  In ihrer Kammer, Baronesse. Bitte bleiben Sie hier. Es hat keinen Zweck. Sie war wie eine Furie. Sie rührt keinen Bissen an. Tobt und spuckt.

ILSE  Arme Tschecha – Ich will zu ihr.

*Sie läuft ins Haus, hoch zu den Mansarden. Vor Tschechas Kammertür bleibt sie stehen. – Schluchzen von drinnen. Ilse drückt auf die Türklinke – vergebens*

ILSE  Tschecha! Mach auf! Sofort machst du auf! · *Die Tür wird entriegelt* · Tschecha!

TSCHECHA · *zischt* · Rühren Sie mich nicht an. Gehen Sie. Gehen Sie. Ich hasse Sie.

ILSE  Tschecha!

TSCHECHA  Ich hasse Sie, hasse Sie. Alle Deutschen. Sie haben ihn umgebracht.

ILSE  Aber Tscheslawa –

TSCHECHA  Umgebracht haben sie ihn wie sie Vater umgebracht haben.

ILSE  Deinen Vater – umgebracht?

TSCHECHA · *von Weinen und Zorn geschüttelt* · Tun Sie doch nicht so, als ob Sie nichts wissen. Sie wissen ganz genau – – – Aber macht mit mir, was ihr wollt. Bringt mich doch auch um!

ILSE  Tschecha, ich verbiete dir, so mit mir zu sprechen.

TSCHECHA  Ja! Noch – noch kannst du verbieten. Verbieten und töten, wenn wir nicht folgen. Mit Vater habt ihr angefangen. In Bromberg. Weil er Pole war. An die Wand gestellt habt ihr ihn. Und ich und Jakucz, wir haben zusehen müssen, gezwungen habt ihr uns, zuzusehen –

ILSE  Tschecha, das ist nicht wahr!

TSCHECHA  Nicht wahr? Dann ist es auch nicht wahr, daß alle Polen Schweine waren, als Hitler kam? Dann ist es auch nicht wahr, daß es jedes Vieh besser hatte als wir?! Nicht wahr, daß ihr uns getreten und geschlagen habt wie die Hunde?!

ILSE  Tschecha · *ruhig* · bist du auf Sobowitz je getreten und geschlagen worden?

TSCHECHA  Soll ich vorrechnen was – Vater tot, Bruder tot, ist nicht genug?

ILSE  Habe ich dich einmal schlecht behandelt? Ich frage dich, Tschecha.

TSCHECHA  Das nicht. Aber du Deutsche. Ich Polin. Sagt alles.

ILSE  Nein. Keiner auf Sobowitz hat dich fühlen lassen, daß du nicht zu uns gehörst – wie du jetzt glaubst. Wenn dir draußen das irgendwo weisgemacht wird, hat das was mit uns zu tun? Wir sind nicht – die Partei. Wir sind doch nicht verantwortlich dafür. Wir haben nichts damit zu tun. Muß ich dir das sagen – dir, die du Achim jeden Wunsch von den Augen liest?! Für meine Kinder gehst du doch durchs Feuer. Das stimmt doch alles nicht, was du da jetzt erzählst. Tschecha – · *Tschecha schluchzt* · Und was diesen furchtbaren Krieg angeht, da hast du und hab ich keine Schuld. Übrigens, Achim ist krank. Wenn du ruhiger geworden bist, bitte geh runter zu ihm, er fragt dauernd nach dir ...

Merkwürdig, daß ich mich nicht verletzt fühlte. Was geht in mir vor, dachte ich, daß ich sie nicht verurteilen kann. Bewunderte ich ihren Mut, mit dem sie mir ihre Anklagen ins Gesicht geschrien hatte? Bewunderte ich ihren Stolz? Würde i c h diese Leidenschaft aufbringen, mit der dieses halbe Kind, das sie noch war, um ihren Bruder trauerte?
Ich ging hinüber zu Papa. Er saß am Schreibtisch, bemüht, sich mit irgend etwas zu beschäftigen. Er mußte mich kommen gehört haben. Er blickte nicht auf ...

ILSE   Warum hat mir niemand gesagt, daß man ihren Vater umgebracht hat? Hast d u es gewußt, Papa?
BRIESEN · *schweigt*
ILSE   Also hast du es gewußt.
BRIESEN · *steht auf* · Ich habe es nie bezweifelt, als ich davon hörte. Sowas ist vorgekommen, leider. Und leider stand es nicht in unserer Macht, es zu verhindern.
ILSE   So!?
BRIESEN   Ilse! Was hätten wir denn tun können? Sieh mal: wir sind mit den Polen immer gut ausgekommen.

Es hat Spannungen gegeben, gewiß. Aber das hat sich immer wieder eingerenkt. Sie haben uns und wir haben sie in Frieden gelassen. Mit Hitler wurde das anders. Es ist auch hier manch einem zu Kopf gestiegen, daß das Reich wieder mächtig war. Und gegen den Anspruch, der dort erhoben wurde, in Berlin, nicht hier bei uns, haben sich die Polen gewehrt – vielleicht nicht ohne Grund, wer läßt sich gern wieder etwas wegnehmen, was er gerade bekommen hat. So ist es dann, als Hitler die Grenze überschritt, zu diesen Vorgängen in Bromberg gekommen ... und in Thorn ... wir müssen froh sein, daß sich der Haß nicht auch gegen uns wandte. Ich gehöre nicht zu denjenigen, die das, was da geschehen ist, übertreiben – aber leider sind Morde vorgekommen. Beim Einmarsch hat die SS dann Vergeltung geübt, hundertfache, bestialische Vergeltung. Es ist wahr, leider. Auch daß ich nicht gern darüber spreche ...

ILSE Aber ich hätte wissen müssen, daß Tschechas Vater –

BRIESEN Es war nicht nötig, dich damit zu belasten.

ILSE Nein, Papa. Ihr habt mich mein Leben lang beschützt, ihr habt alles von mir ferngehalten, was weh tun konnte – und was ich hätte wissen müssen. Tschecha steht für vieles. Nun kommt es etwas plötzlich – versteh bitte – – – jetzt wo Eckehard weg ist und wo ich allein bin mit den Kindern.

BRIESEN Du bist allein? · *aufgebracht* · Das ist doch einfach lächerlich, Ilse.

*Ilse schweigt*

Verzeih, daß ich so unbeherrscht war.

ILSE Schon gut, Papa.

BRIESEN Ich habe einfach zuviel um die Ohren. Alle

wollen etwas von mir, Eckehard fehlt mir hinten und vorne. Der ganze Flachs, den wir abliefern müssen, liegt klatschnaß an der Bahn – nur weil die Herren keine Waggons schicken. Es war eine gute Ernte, jetzt fault das Zeug.

ILSE Soll doch der Vogt umdisponieren und die Leute anstellen, daß die die Bündel auseinanderziehen. Bei dem Wind und der Sonne heute!

BRIESEN Na ja, wird schon gemacht. Aber man muß dauernd hinterher sein · *Pause* · Ilse, noch ein Wort zu vorhin ... Eine Frau in deinem Zustand macht sich vielleicht mehr Sorgen als nötig sind. Ich will dir sagen: so schlimm ist das alles nicht. Du hast jetzt ein Los zu tragen, das Millionen Frauen seit Jahren tragen, deren Männer an der Front sind. Wenn Eckehard erst jetzt eingezogen worden ist, dann ... dann ist das Schicksal sehr gnädig mit dir verfahren, mit deinen Kindern, mit uns allen.

ILSE Ich weiß das, Papa, und – ich habe es genossen. Ja, und ich habe jeden Tag daran gedacht. Wie dankbar, dachte ich, muß ich dafür sein, daß ich meinen Mann bei mir habe ... daß die Kinder nichts entbehren müssen ... was spüren sie, was wir von diesem Krieg? Aber manchmal da habe ich auch gedacht, es wird plötzlich über uns zusammenschlagen –

BRIESEN Ach was –

ILSE Warum soll es uns verschonen, warum uns? Wie es vor den andern nicht Halt gemacht hat, wird es über uns hereinbrechen – – –

BRIESEN Unsinn, Ilse. Wieviel Wolken sind schon aufgezogen und sind verweht. Auch die kommenden werden verwehen. So, nun legst du dich hier auf die Chaiselongue.

ILSE  Danke, Papa.

BRIESEN  Weißt du noch, wie du manchmal hier heraufgeschlichen bist, ich hatte Anweisung gegeben, daß niemand mich stören dürfe – alle glaubten, ich rechnete die Bücher durch –, dann lagst du hier hingekuschelt –

ILSE  Ja, ja, ja – – –

BRIESEN  – und ich holte die alten Pläne aus dem Geheimfach und zeigte dir die Stelle darauf, wo in den zugeschütteten Gewölben unter unserm Keller der Goldschatz liegen soll...

ILSE · *abwehrend, sachlich* · Du bist in Danzig gewesen?

BRIESEN  Ja – der Reichsnährstand hat uns mal wieder zusammengetrommelt. Pläne für später... Ich weiß nicht, was sie damit bezwecken, Phantasten die sie sind. Du, bei Bodenburg, wo wir aßen, traf ich übrigens – nun rate mal... einen guten alten Freund von dir.

ILSE  Von mir?

BRIESEN  Der mindestens einmal in engerer Wahl stand.

ILSE  Bolko?

BRIESEN  Bolko Wilkowitz. Sein Geschwader ist aus Kurland nach Langfuhr verlegt worden. Er läßt dich herzlich grüßen. Ich mußte ihm ausschließlich von dir erzählen.

ILSE  So?

BRIESEN  Er will sehn, daß er mal rauskommt zu uns. Na nicht jetzt, ich weiß schon. Wie wär's denn, wenn er – zur Taufe käme?

ILSE  Merkwürdig, ich denke noch gar nicht daran. In ein paar Wochen wird das Kind da sein... Taufe... das ist noch alles so weit weg von mir...

Ich sagte es und erschrak: ja, es war noch alles »so weit weg von mir«. Ich empfand das zum erstenmal, bei allen meinen Kindern hatte ich nur an diesen einen Augenblick gedacht ... ihm entgegengelebt – und hatte nichts von all dem wahrgenommen, was um mich herum geschah.
Jetzt nahm ich es wahr ...
Es war Papas Angewohnheit, die Mittagsnachrichten abzuhören. Er stand deshalb früher vom Tisch auf. Ich richtete es nun so ein, daß wir alle gegessen hatten, wenn es eins schlug ... und stürzte auf mein Zimmer, drehte den Apparat an ...

RADIOSPRECHER Hier ist der Großdeutsche Rundfunk. Führerhauptquartier, 17. Oktober 1944. Das Oberkommando der Wehrmacht gibt bekannt:
Beiderseits Wilkowischken sind die Bolschewisten mit zahlreichen Infanterie- und Panzerverbänden und mit starker Schlachtfliegerunterstützung zum Großangriff angetreten und haben an einer Stelle die ostpreußische Grenze erreicht ...
Führerhauptquartier, 18. Oktober 1944
... Wirballen fiel nach zäher Verteidigung in die Hand des Feindes ...
Führerhauptquartier, 20. Oktober 1944
... Im ostpreußischen Grenzgebiet zwischen Sudauen und Schirwindt und besonders zwischen der Rominter Heide und Ebenrode halten die schweren Kämpfe an ...
Führerhauptquartier, 22. Oktober 1944
... Beiderseits Tilsit setzen sich die deutschen Truppen unter harten Kämpfen zur Frontverkürzung auf das Südufer der Memel ab ...

*Die Allee nach Sobowitz. Eine Landmaschine, von einem Pferd gezogen, klappert vor einem Auto entlang. Das Auto gibt Signale*

WILKOWITZ · *lehnt sich aus dem Auto* · Hallo, Kleiner. Platz da. Fahr mal mit deiner Hungerharke vom Weg.

WOLF Erst mal können. Sehn Sie nicht, wie breit die ist? Wo soll ich denn hier hin?

WILKOWITZ · *für sich* · Nichts zu machen. Der Bengel läßt mich nicht durch. So ein Dreikäsehoch · *Er fährt hinter der Hungerharke weiter in den Gutshof hinein*

WOLF Brrr · *hält an* · So, da wären wir · *ruft* · Kropidlowski, he – Stella hat gezogen wie die Feuerwehr. Den ganzen Schlag geschafft – sag noch was gegen sie. Leg ihr ordentlich was vor.

KROPIDLOWSKI · *aus dem Stall* · Wird besorgt, junger Herr. Laß man stehn · *Wolf springt ab*

WILKOWITZ · *ist ausgestiegen und kommt näher* · Ah – hatte ich die Ehre mit Herrn Bandomir junior?

WOLF · *auf seinen Ton eingehend* · Haben Sie, Herr Major. Wolf Bandomir.

WILKOWITZ Du kannst ruhig du zu mir sagen. Ich bin Onkel Bolko. Guten Tag.

WOLF Onkel Bolko? Jetzt weiß ich: du kommst zur Taufe!

WILKOWITZ Was du nicht sagst.

WOLF Ich hab schon die Tischkarten gemalt, Onkel Bolko; ich leg sie so, daß du mir gegenüber sitzt. Sag mal, du bist doch Geschwaderkommodore. Was fliegst du? Ju 88 oder Me 210?\* Ich habe zu Mutti gesagt: Me 210. Die Ju ist 'ne alte Mühle, stimmt's?

WILKOWITZ Me 210 natürlich. Du hast recht.

WOLF Hab ich mir gedacht · *ruft über den Hof* · Christa, Christa, wo bist du? Onkel Bolko ist da.

---

\* Junkers 88, Messerschmidt 210: Typenbezeichnungen deutscher Kampfflugzeuge

CHRISTA · *von fern* · Onkel Bolko? · *ruft weiter* · Achim, Achim! Onkel Bolko ist da! · *Sie stürmt heran, den kleinen Bruder an der Hand*

WILKOWITZ Tag, ihr Beiden.

CHRISTA Wir haben nämlich mit der Taufe von Jürgen extra auf dich gewartet, Onkel Bolko.

WILKOWITZ Dann führt mich mal zu eurer Mutter.

*Im Ostflügel des Gutshauses*

ILSE Bolko! Willkommen auf Sobowitz!

WILKOWITZ Ilse! Mein Gott – wo ist die Zeit geblieben? Läuft sie rückwärts hier? Du bist ja noch jünger geworden – und schöner. Und sowas will vier Kinder haben!

ILSE Du kannst es doch nicht lassen, das Charmieren. Bolko Wilkowitz, ganz der alte.

WILKOWITZ Nana – von dem ist manches abgeblättert. Kein Jüngling mehr, Ilse. – Wie geht's Eckehard?

ILSE Gestern kam Post. Ich weiß nicht genau, wo er steckt. Ich vermute im Südosten. – Er sagt ja nie, wie schwer ihm etwas fällt. Aber ich glaube, er hat die schlimmsten Wochen hinter sich.

*Der Säugling schreit nebenan*

WILKOWITZ Jürgen?

ILSE Ja, Jürgen.

WILKOWITZ Wolf, Christa, Joachim, Jürgen ... Sag mal, Ilse, bevor ich deine Eltern sehe ... wie denkt der alte Herr sich das? Wollt ihr hierbleiben?

ILSE Hierbleiben – – –

WILKOWITZ Darüber zerbricht sich wohl niemand den Kopf bei euch?

ILSE Ich schon, Bolko. Aber was nützt das? Versuche hier einem klarzumachen, daß man –

WILKOWITZ  Und die Trecks? Sieht die niemand?
ILSE  Eine Notmaßnahme – sagt Papa. Wir holen uns ja alles wieder. Litauen. Das nördliche Ostpreußen ... Es ist eigenartig. Papa, der nie an diese Propagandasprüche der Partei geglaubt hat, auf einmal nimmt er sie für bare Münze.
WILKOWITZ  Dein Vater? Der kam mir immer so preußisch nüchtern vor ... so klar.
ILSE  Über diesen Punkt kann man nicht mit ihm reden.
WILKOWITZ  Aber es kann ihm doch nicht verborgen geblieben sein – daß die Fronten überall zusammenbrechen, »begradigt werden«, wie es heißt – na schön. Das kann man zur Not noch rechtfertigen, wenn man hier sitzt ... so abseits wie Ihr auf eurer Klitsche. Aber was die Haffstraße täglich entlangzieht – seid ihr denn blind?
ILSE  Papa würde nie daran denken, von hier fortzugehen.
WILKOWITZ  Aber du mußt daran denken. Du hast vier Kinder.
ILSE  Müssen wir jetzt darüber sprechen?
WILKOWITZ  Ich fürchte ja, Ilse. Ich bin ... ich bin nur herausgekommen, um dir das zu sagen.
ILSE  Du bleibst nicht zur Taufe?
WILKOWITZ  Nein, Ilse. Mein letzter Tag in Langfuhr. Wir verlegen morgen früh.
ILSE  Mein Gott –
WILKOWITZ  Keine Panik. Teile des Geschwaders bleiben hier. Von Zeit zu Zeit bin ich auch wieder da. Dann werde ich nach dem Rechten sehen, ich verspreche es dir. Ich habe Anordnung gegeben, wenn unerwartet etwas eintreten sollte ... Du mit deinen

Kindern, ihr kommt jederzeit heraus. Du wirst dann benachrichtigt. – Habt ihr Verwandte im Reich?

ILSE  In Berlin lebt Cläre, Eckehards Schwester. Du kennst sie von der Hochzeit.

WILKOWITZ  Cläre... war das nicht meine Tischdame?

ILSE  Und an Lottchen Gudde wirst du dich auch erinnern, unsere alte Sekretärin. Ihr Bruder hat einen Hof bei Bremen, da könnten wir von Berlin aus hin.

WILKOWITZ  Na also, das ist doch eine Möglichkeit. Faß das ins Auge, Ilse. – Kann ich deinen Eltern noch Guten Tag sagen?

ILSE  Natürlich. Komm, Bolko. Wir können nicht durchs Haus.

WILKOWITZ  Einquartierung?

ILSE  Evakuierte aus dem Reich. Papa hat ihnen kleine Wohnungen eingerichtet. Sowas nimmt er sehr ernst. Wir müssen über den Hof.

*Im Freien. Die Vesperglocke auf dem Gesindehaus beginnt zu läuten*

WILKOWITZ  Ein Frieden ist das bei euch. Wie damals, als ob inzwischen rein gar nichts passiert wäre. Das alte Eckzimmer im Westflügel – existiert das noch?

ILSE  Wenn du willst, kannst du dort übernachten. Es ist alles vorbereitet.

WILKOWITZ  Nein nein, ich muß zurück. – Da oben hab ich den Cornet auswendig gelernt – mein Gott, und an all diese Romantik hat man geglaubt. »Und nun reiten wir lang. Es muß also Herbst sein. Wenigstens dort, wo traurige Frauen von uns wissen...« · *er lacht, dann nachdenklich* · Ein bißchen Wahrheit

war vielleicht dran ... Wahrheit ... Bist du traurig, Ilse?
ILSE  Nein. Ich habe nur Angst. Furchtbare Angst.


NACHRICHTENSPRECHER  Hier ist der Großdeutsche Rundfunk. Führerhauptquartier, 28. Oktober 1944. Das Oberkommando der Wehrmacht gibt bekannt: Die große Schlacht in den ostpreußischen Grenzgebieten tobt weiter. Ihre Brennpunkte lagen auch gestern im Raum östlich und südlich Gumbinnen und der Rominter Heide, wo im Gegenangriff nordöstlich Goldap ...
Führerhauptquartier, 5. November 1944
... Bei Goldap wurden die Bolschewisten in schwungvollen Angriffen aus ihren Stellungen geworfen, feindliche Kräfte in der Stadt selbst abgeschnitten ...
Führerhauptquartier, 6. November 1944
... Die Stadt Goldap ist von den Bolschewisten befreit. In dreitägigen erbitterten Ringen wurden die dort eingeschlossenen Regimenter zum größten Teil vernichtet, ihre Reste gefangen genommen. 59 Panzer und Sturmgeschütze, 134 Geschütze aller Art und zahllose schwere und leichte Waffen fielen in unsere Hand ...
*Der Radioknopf wird von Ilse langsam weggedreht, andere Sender zirpen herein, bis das Beethoven-Motiv des BBC London ertönt*
NACHRICHTENSPRECHER IM BBC  Hier ist London. Hier ist London. Exchange meldet aus Moskau:
6. November 1944
Goldap dürfte Niemandsland geworden sein. Die völlig ausgebrannte Stadt ist das Monte Cassino des

Ostens geworden. In den brennenden Trümmerhaufen liegen sich kleinere Stoßtrupps gegenüber. In Ostpreußen sind bereits leichtere Schneefälle eingetreten ...

*Gutshof*
ILSE · *tritt aus dem Haus, ruft* · Tschecha! Tscheslawa!
MÄDCHEN   Tschecha ist in der Waschküche drüben, gnädige Frau. Soll ich sie holen?
ILSE   Schon gut. Ich muß sowieso hinüber. *Sie überquert den Hof. Die Waschküche hat einen Vorraum, Ilse hört neben den rhythmischen Geräuschen der Waschbretter Stimmen und bleibt stehen*
KROPIDLOWSKI   Abgeführt haben sie sie.
KASCHUBIN   Die Kinder auch?
KROPIDLOWSKI   Alle Zabrockis –
KASCHUBIN   Hast du gesehen? Ist nicht wahr?
KROPIDLOWSKI   Vorn die Zabrockis –
KASCHUBIN   Auch die Kinder, Unschuldswürmer die!
KROPIDLOWSKI   – die Partisanen dahinter, oder was man für die gehalten hat.
KASCHUBIN   Zwei Männer, jung noch, hab ich gehört.
KROPIDLOWSKI   Wißt ihr noch, was ich gesagt habe: das ist kein Mechaniker, der die Stellung angenommen hat bei Mehlsack, das ist Mann von Gestapo.
KASCHUBIN   Richtig, so war's.
KROPIDLOWSKI   Dieser Mann hat die beiden aufgestöbert bei Zabrockis im Heu. Hinten übern Stall.
TSCHECHA   Brauchen Zabrockis das gewußt haben?
KROPIDLOWSKI   Die?
WASCHFRAU · *flüsternd* · Heute haben alle Polenkinder in der Schule großen Bogen gemacht um den leeren Platz, der auf der Bank war von den Zabrockikindern.

KASCHUBIN  Unschuldswürmer, kleine.
KROPIDLOWSKI  Hat man Schüsse gehört im Steinbruch.
WASCHFRAU  Jesus Maria Josef.
KROPIDLOWSKI  Gestern abend noch.
KASCHUBIN  Hast du auch gehört, Tschecha?
TSCHECHA  Hab ich schon früher Schüsse gehört.
KROPIDLOWSKI  Je, die Tschecha!
TSCHECHA  Wartet ab. Wieviel Wochen noch · *zählt an den Fingern nach* · Eins – zwei – drei – vier – fünf Wochen, sechs vielleicht noch.
KASCHUBIN  Meinst du?
WASCHFRAU  Was meint sie?
TSCHECHA  Na wirst sehen, in Schule – dann sind andere Plätze leer.
WASCHFRAU  Andere?
TSCHECHA  Polnische nicht.
KROPIDLOWSKI  Hört die Tschecha! Wer wird's die Kinder entgelten! Da erbarmt sich doch ein jeder.
TSCHECHA  Du gewiß, wo du dann sein wirst. Auf und davon wirst du sein, Kropidlowski.
KROPIDLOWSKI  Ich? Du dich soll man doch, sag ich –
TSCHECHA  Mit der Herrschaft. Wenn da eins bleibt, will ich nicht Tscheslawa heißen.
KROPIDLOWSKI  Und ich nicht Kropidlowski, wenn Herr Baron nicht bleibt und Frau Baronin.
KASCHUBIN  Und die Frau Bandomir?
KROPIDLOWSKI  Ja das ist was anderes. Was soll sie machen mit den Kinderchen, wo eins ist kleiner wie das andere.
KASCHUBIN  Was die Inspektersfrau ist, die hat schon gepackt. Sieben Koffer. Sie will mit dem Schiff weg.
KROPIDLOWSKI  Hast du gehört, Tschecha?

TSCHECHA  Was denn?

KROPIDLOWSKI  Na tu nicht so. Wie sie dir werden abgehn, der Wolf und die Christa –

TSCHECHA  Phhh!

KROPIDLOWSKI  Und die Kleinen erst, wie? Der Achim und Jürgen – – – hast sie wohl nicht abgeknutscht, wenn's niemand gesehen hat · *alle lachen* · Na, stimmt's nicht? Wart nur, wenn sie werden fortmachen mit dem Schiff –

KASCHUBIN  Wär wohl besser für sie. Wenn der Russe kommt, er schlägt alle tot.

WASCHFRAU  Gottloses Gerede, je nochmal.

KROPIDLOWSKI  Ist nicht so schlimm. Ist ja die Tschecha da. Was wird sie sagen, die Tschecha, wann sie schlagen die Türen ein, wann sie wolln Blut sehn, besoffen wie sie dann sind und schrein nach der Herrschaft und wo Kinderchen stecken. Was sie da sagen wird, die Tschecha, he?

TSCHECHA · *wütend* · Ich? M e i n e Kinder sind es, das werd ich sagen. M e i n e Kinder – dem kratz ich die Augen aus, der dem Jürgen was tun will und dem Achim. Die können ruhig hierbleiben, daß du's weißt, Kropidlowski.

KASCHUBIN  Still. Da war jemand.

KROPIDLOWSKI  Soll kommen. Vielleicht die Gnädige?

KASCHUBIN  Jesus, die Gnädige! Da läuft sie vorbei ...


NACHRICHTENSPRECHER  Hier ist der Großdeutsche Rundfunk. Führerhauptquartier, 13. Januar 1945. Das Oberkommando der Wehrmacht gibt bekannt: An der Weichselfront hat die lang erwartete Winteroffensive der Sowjets begonnen ... Im ostpreußi-

schen Grenzgebiet lag beiderseits der Rominter Heide schweres feindliches Artilleriefeuer...
*Das Beethovenmotiv im BBC klingt auf*
BBC-SPRECHER  Hier ist London. Hier ist London. Exchange meldet aus Moskau: 15. Januar 1945. Vor Tagesanbruch am Freitag begannen schlagartig Tausende von russischen Geschützen auf rund 100 Kilometer breiter Front die deutschen Stellungen mit einem Granathagel zu überschütten. In einem zweistündigen Trommelfeuer wurden die vordersten Positionen des Gegners völlig zerschossen, so daß die zum Sturm übergehenden Panzer- und Infanteriekolonnen Marschall Konjews nur auf geringen Widerstand stießen. Schon am Abend des ersten Kampftages hatten die Russen...
NACHRICHTENSPRECHER  Führerhauptquartier, 18. Januar 1945. Die deutschen Truppen haben sich aus dem Stadtgebiet von Warschau unter schwersten Verlusten des Gegners abgesetzt. Am fünften Tag der Abwehrschlacht im ostpreußischen Grenzgebiet errangen die deutschen Truppen gegen den Ansturm von 35 russischen Schützendivisionen...
BBC-SPRECHER  Hier ist London. Hier ist London. United Press meldet aus Moskau: 18. Januar 1945. Konzentrischer Angriff auf Warschau, unter dessen Wucht der deutsche Widerstand zusammenbrach. Mit den Russen zog auch die polnische 1. Armee unter General Kowiawski in die Hauptstadt ein. Warschau bildet ein Bild entsetzlicher Zerstörung...
NACHRICHTENSPRECHER  Führerhauptquartier, 25. Januar 1945. In Ostpreußen in der Richtung auf Elbing toben erbitterte Kämpfe; östlich davon mußte die deutsche Front zwischen Ortelsburg, Lötzen

und Angerburg an die Masurische Seenplatte zurückgenommen werden ...

BBC-SPRECHER Hier ist London. Hier ist London. Es hat den Anschein, als ob die Deutschen am Vorabend einer ihrer schwersten Niederlagen des ganzen Ostfeldzuges stünden, denn in erdrückender Übermacht strömen die russischen Reserven durch die Frontlücke ...

NACHRICHTENSPRECHER Führerhauptquartier, 28. Januar 1945. In Marienburg und Elbing toben erbitterte Straßenkämpfe. Nördlich der Masurischen Seenplatte bis zum Kurischen Haff stehen deutsche Kampfverbände in schweren Kämpfen mit den Sowjets, die unter starkem Schlachtfliegereinsatz an der Straße Nordenburg – Gerdauen und östlich Königsberg nach Westen Boden gewinnen konnten ...

BBC-SPRECHER Hier ist London. Hier ist London. Exchange meldet aus Moskau: 28. Januar 1945. Die Verteidiger Ostpreußens verlieren weiter an Boden. Die Provinz ist durch einen Vorstoß der Russen an das Frische Haff gänzlich vom deutschen Hauptgebiet abgeschnitten. Eine Verbindung gibt es nur noch über See. Die Lage ist hier besonders dramatisch, weil keine Zeit mehr bleibt, um die Zivilbevölkerung wegzubringen. Auf dem Gebiet, das den Deutschen verbleibt, drängen sich Zehntausende von Frauen und Kindern zusammen. Eine nach Nordwesten vorgehende Kolonne Rokossowskis steht noch 20 Kilometer vor Danzig ...

NACHRICHTENSPRECHER Führerhauptquartier, 31. Januar 1945. In Ostpreußen konnten südlich Königsberg bis ans Frische Haff vorgedrungene russische Streitkräfte zurückgeschlagen werden ...

BBC-SPRECHER  31. Januar 1945. Die Vernichtungsschlacht in Ostpreußen hält mit unverminderter Heftigkeit an. Königsberg ist jetzt völlig eingekreist. In letzter Stunde eingetroffene Frontberichte melden einen völligen Zusammenbruch der deutschen Verteidigung westlich der Obra. Panzerwagenpatrouillen und Kavallerie drangen sogar schon bis in die Gegend von Zielenzig und Drossen vor, das 25 Kilometer nordöstlich von Frankfurt und 90 Kilometer östlich von Berlin liegt ...


*Kinderzimmer im Ostflügel*
ILSE  So, jetzt die Babysachen ... 15 Mullwindeln – was meinen Sie, Lottchen, ob 15 genügen?
FRÄULEIN GUDDE  Ich weiß nicht.
ILSE  Was ist denn? Sie weinen ja?
FRÄULEIN GUDDE  Ich kann's immer noch nicht glauben.
ILSE  Lottchen! Sie haben es so schön begriffen, als ich Sie bat, mir zu helfen.
FRÄULEIN GUDDE  Da sehen Sie's ja! Nichts habe ich begriffen.
ILSE  Also.
FRÄULEIN GUDDE  Ob sie gut rausgekommen sind?
ILSE  Barduschins? Die sind gut dran mit ihren Drei ...
FRÄULEIN GUDDE  Dem Inspektor ist ein Stein vom Herzen gefallen. Der war zuletzt gar kein Mensch mehr, niemand wußte auch, ob es klappt mit dem Schiff. Und jeder wollte auf die Gustloff ... Drei Tage haben sie gewartet im Hafen.
ILSE  Als sie hier abfuhren und meine Kinder wink-

ten ihnen nach, da hab ich auch gedacht: warum fährst du nicht mit? Was wartest du noch? Wenn Wilkowitz nun nicht Wort hält?

FRÄULEIN GUDDE  Ach da wär ich ganz ruhig an Ihrer Stelle. Der Anruf kommt – viel zu früh wird er kommen ... *sie weint wieder*

ILSE  Lottchen!

FRÄULEIN GUDDE  Entschuldigen Sie bitte, Baronesse.

ILSE  Ach Lottchen, wenn Sie nicht wären! Sie sind meine einzige Vertraute.

FRÄULEIN GUDDE  Das hat der Herr Baron heute morgen auch zu mir gesagt. Wir, Lottchen, hat er gesagt, wir sind richtig wie zwei Kumpane, wir behalten hier die Nerven · *leise* · Am liebsten käme ich mit.

ILSE  Ich möchte so gerne sagen: Kommen Sie mit, Lottchen; ist im Flugzeug Platz für fünf, wird auch noch ein sechster Platz für Sie da sein.

FRÄULEIN GUDDE  Und Herr Baron und Frau Baronin?

ILSE  Ja, das ist es. Das macht mir meinen Entschluß so schwer. Wer kümmert sich hier um meine Eltern?

FRÄULEIN GUDDE  Ich, Baronesse. Ganz abgesehen davon, daß die Steuern fertig gemacht werden müssen – und die Löhne, wer – wer zahlt denn die Löhne aus? Im Büro, da weiß doch niemand sonst Bescheid außer mir.

ILSE  Lottchen, mir ist klar, was Sie auf sich nehmen. Meine Eltern gehen hier nicht weg. Was habe ich auf sie eingeredet. Aber sie sind nicht zu bewegen, Sobowitz zu verlassen. Auch für die Dauer einer Reise nicht. »Reise?« sagte Papa, »das heißt doch Flucht. Flucht – nichts anderes!« Alte Leute sind wie alte Bäume ... Papa ist geradezu unerschöpflich im Erfinden von Ausflüchten, täuscht sich selbst und mir Sicherheit vor, die – die es doch einfach nicht mehr gibt.

FRÄULEIN GUDDE  Ich glaube, dem Herrn Baron ist die Vorstellung einfach unerträglich, daß sich hier andere einnisten könnten. Er glaubt fest daran, daß er selber kein Recht mehr hätte, sich Herr auf Sobowitz zu nennen, wenn er jetzt wegginge von hier.

ILSE  Ja, Papa ist eher geneigt, an ein Wunder zu glauben, als mit der Möglichkeit zu rechnen, daß Sobowitz verlorengeht. Aber das – nein, Lottchen, das kann ich mir auch nicht vorstellen. Es kann ja nur für kurze Zeit sein. Wollen wir weiterpacken?

FRÄULEIN GUDDE  Ja, Baronesse.

ILSE  Und jetzt lassen Sie ein für allemal das »Baronesse«. Ich bin »Ilse« wie Sie für mich »Lottchen« sind.

FRÄULEIN GUDDE  Nein, Baro –

ILSE  Bitte.

FRÄULEIN GUDDE  Daran werde ich mich gewöhnen müssen. *Es klopft*

BRIESEN · *hinter der Tür* · Ilse!

ILSE · *leise* · Mein Vater! Gehen Sie jetzt lieber, Lottchen. Hier hinaus · *Fräulein Gudde geht. Ilse öffnet die andere Tür* · Ja, Papa?

BRIESEN · *tritt ein* · Nanu – Inventur? Koffer? Willst du verreisen?

ILSE  Ich mache Ordnung, Papa.

BRIESEN  – und packst?

ILSE · *entschlossen* · Ja, ich packe, Papa.

BRIESEN  So. Also doch.

ILSE  Ja. Ich habe es mir lange überlegt.

BRIESEN  Ilse, ich hatte dich eigentlich für vernünftiger gehalten. Was willst du jetzt im Reich? Bis vor kurzem sind die Leute aus den Bombenstädten zu uns geflüchtet, weil dort die Hölle ist – und du willst mitten in diese Hölle hinein? Wie übrigens? Mit – mit – – – mit einem Säugling und drei kleinen Kindern!

ILSE Wilkowitz hat mir –

BRIESEN Wilkowitz! Ausgerechnet der forsche Wilkowitz! Hat der eine Ahnung!

ILSE Der hat mehr Ahnung als wir alle zusammen hier auf Sobowitz. Papa, ich will es dir nicht schwer machen. Aber ich begreife deinen Starrsinn nicht. Bist du blind? Siehst du nicht, was auf uns zu kommt?

BRIESEN Es sollen Friedensverhandlungen im Gang sein. Der Westen kann uns doch nicht völlig aufgeben.

ILSE Ich kenne diese Meinung, Papa. Aber ich habe vier Kinder und einen Mann an der Front.

BRIESEN Eben. Nun hör mal zu, mein Kind. Wenn du hier fortgehen willst – bitte, ich kann dich nicht hindern. Du bist dazu entschlossen, also gut. Wir, Mama und ich, fühlen uns allerdings verantwortlich für euch. Wenn nicht für dich, so für Achim, für Jürgen, für Wolf und für Christa.

ILSE Glaubst du, ich ließe sie allein? Weswegen will ich denn fort? Um m i c h in Sicherheit zu bringen? Ihretwegen doch wohl!

BRIESEN So? Dann will ich dir etwas sagen: seit Jahrhunderten sitzen wir hier auf Sobowitz. Wir haben diesen Ort erhalten . . . gegen alle Widrigkeiten. Niemals nur für uns. Für die nächsten. Und die nächsten, mein Kind, die nächsten seid ihr. Wenn du das vergessen haben solltest – ich denke, Eckehard hat es nicht vergessen. Wenn er hier wäre – – –

ILSE  Ach, Papa ... Sieh doch da unten auf den Hof. Da kommt es und geht es ... ein Wagen nach dem andern. Leute, die über Nacht alles verlassen haben, woran sie genau so hingen wie du ... wie ich ...

BRIESEN  Ich bedaure sie aufrichtig. Ich tue darüberhinaus mein Möglichstes, ihr schweres Los zu mildern. Aber vielleicht siehst du das nicht – – – daß ich Tag und Nacht auf den Beinen bin, damit hier alles klappt ... Eben waren wieder Quartiermacher hier ... wir müssen noch weiter zusammenrücken . . . Ich überlege, ob ich nicht das ganze Vorwerk freimachen soll. D a s sind m e i n e Sorgen ...

ILSE  Immer denkst du an andere. Und wer denkt an dich, an Mama . . .? Um Königsberg wird gekämpft! Wer hätte das vor vier Wochen geahnt? Da haben wir hier Weihnachten gefeiert, noch wie im tiefsten Frieden.

BRIESEN  Es kann sein, daß der Russe hier oben bis an die Weichsel kommt – – – vorübergehend.

ILSE  Er wird hierherkommen – und weiter. Allem zum Trotz, was diese Parteileute an Beschwichtigungsparolen in die Welt setzen.

BRIESEN  Du bringst mich fast in die Lage, wie diese Leute zu reden. Gut, wenn wir den Krieg verlieren – und Leute wie Wilkowitz sind anscheinend der Ansicht, daß wir ihn schon verloren haben – dann können wir besetzt werden, das ist möglich. Aber Krieg selbst, hier . . . nein, das ist undenkbar.

ILSE  So undenkbar wie für die, über die er gekommen ist.

BRIESEN  Also ich kenne dich nicht wieder, Ilse. Es hilft doch nur Besonnenheit. Du setzt das Leben mindestens von Jürgen aufs Spiel. Ein dreiviertel Jahre altes Kind ist doch diesen Strapazen nicht gewachsen. Bei dieser Jahreszeit! Und wo willst du hin?

ILSE  Eckehards Schwester ist in Berlin. Wenn Bolko sein Versprechen hält und wir können fliegen, sind wir in drei Stunden dort. Das übersteht das Kind, und wir bleiben zusammen.

BRIESEN  Mit einem Flugzeug? Das meinst du im Ernst?

ILSE  Ja. Papa.

BRIESEN  Selbstmord ist das bei dieser Bedrohung · *mühsam sich beherrschend* · Und weiter? Wohin dann?

ILSE  Lottchen Guddes Bruder hat einen Hof bei Bremen.

BRIESEN  So weit reichen die Fäden?

ILSE  Ach, du meinst – nein, Papa. Lottchen ist das treueste Geschöpf und würde selbst, wenn du sie schicktest, von hier nicht fortgehen. Sie würde dich und Mama nicht verlassen.

BRIESEN  Also auch darüber habt ihr gesprochen.

ILSE  Ist das verboten?

BRIESEN  Nein, du hast recht. Natürlich nicht – Verzeih diesen Ton. Ich – ich wollte keinen Streit zwischen uns. Ich weiß einfach nicht, was ich dir raten soll · *stockend* · Ich kam hierher, um dir – um dir etwas mitzuteilen, worin ich mich bestätigt sehe, wie recht ich mit meinem »Starrsinn« habe – so fürchterlich diese Bestätigung auch ist.

ILSE · *beunruhigt* · Ist was geschehen? Was denn, Papa? Bitte. Du zitterst ja.

BRIESEN  Gestern ist von Gotenhafen die »Wilhelm Gustloff« ausgelaufen.

ILSE  Ja –

BRIESEN  Fünftausend Flüchtlinge an Bord. Meistens Frauen und Kinder · *Er schöpft Atem* · Die »Wilhelm Gustloff« ist nicht mehr.
*Schweigen*
ILSE  Frau Barduschin – Mein Gott!
BRIESEN  Der Inspektor selbst weiß es noch nicht – ich habe nicht den Mut gehabt, es ihm zu sagen. · *Pause* · Gestern abend um neun. Torpedotreffer. Keine halbe Stunde soll es gedauert haben.

*Das monotone Geräusch der Eisenbahnräder steigt wieder herauf*
Mein Entschluß war gefaßt. Mein Entschluß mich zu trennen. Von Papa, von Mama. Mich zu trennen von allem, was Sobowitz umschloß: Kindheit, Jugend, Sicherheit, Frieden, Geborgensein. Meine Kinder zu nehmen und mich zu trennen von allem, was ich bis dahin gewesen: ein Geschöpf, das immer auf andere gehört und ihnen vertraut hatte. Mein Entschluß war gefaßt. Und ich war schon jenseits des Gipfels, auf dem die Entscheidung fällt, war schon auf jener Wegstrecke, wo das Herz ganz ruhig schlägt, weil es nichts mehr zu entscheiden gibt und alles nur Ablauf ist – da wurde ich wankend. Wie sollte ich es verantworten?
Wie konnte ich es noch wagen, alles auf eine Karte zu setzen?

FAHRER  Frau Bandomir?
ILSE  Ja bitte?
FAHRER  Befehl von Major Wilkowitz, Fliegerhorst Langfuhr. Ich soll Sie und Ihre Kinder abholen. Herr Major bittet das Gepäck auf zwei Stücke zu beschränken.
WOLF  Darf ich schon ins Auto, Mutti? Ich sitze vorn.

ILSE  Sei still, Wolf. Wo ist Christa?
WOLF  Ich weiß nicht · *ruft* · Christa!
TSCHECHA · *ruft heraus* · Ist im Wintergarten.
WOLF  Im Wintergarten ist sie.
ILSE  Ruf sie. Tschecha soll euch anziehen. Oder nein, zieht euch selber an, Christa und du. Zwei Pullover jeder. Die Wintermäntel. Schal und Mütze · *ruft* · Tschecha!
WOLF  Und Achim? Achim kommt doch auch mit. Und Jürgen – – –
ILSE  Geh. Zieht euch an. Schnell.
FAHRER  Darf ich behilflich sein?
ILSE  Danke. Hier · *sie übergibt ihm Gepäck* · Wenn Sie schon damit vorausgehen wollten · *Fahrer und Wolf gehen hinunter. Tschecha erscheint*
TSCHECHA  Gnädige Frau?
ILSE  Komm mal her, Tschecha.
TSCHECHA  Ja, gnädige Frau –
ILSE  Komm mal her, Tschecha, und gib mir die Hand.
TSCHECHA  Ja, gnädige Frau.
ILSE  In ein paar Tagen bin ich wieder hier.
TSCHECHA  Ja, gnädige Frau.
ILSE  Sollte mir etwas passieren – sollte sich meine Rückkehr verzögern –
TSCHECHA  Ja, gnädige Frau.
ILSE  – willst du mir versprechen –
TSCHECHA  Ja, gnädige Frau.
ILSE  Was willst du mir versprechen?
TSCHECHA  Ich laufe nicht fort. Ich bleibe bei Achim –
ILSE  – und Jürgen?
TSCHECHA  Bei Achim und Jürgen.

ILSE  Ich werde es dir nie vergessen, Tschecha. Was immer kommen wird, du bleibst?

TSCHECHA  Ich bleibe bei Achim und Jürgen ...

*Fahrer erscheint wieder*

FAHRER  Noch etwas? Herr Major hat äußerste Beeilung befohlen. Herr Major hat den Start der Maschine auf 15 Uhr festgesetzt.

ILSE  Ich komme gleich. Einen Augenblick noch · *Der Fahrer geht hinunter*

*Briesen tritt ins Zimmer*

BRIESEN  Es ist dein fester Entschluß, Ilse?

ILSE  Ja, Papa. Ich habe mich entschieden. Wolf, Christa und ich, wir fliegen.

BRIESEN  Wolf und Christa – und Achim und Jürgen?

ILSE  Ich gebe dir recht. Die Gefahr ist zu groß, daß – daß uns allen etwas passiert. Ich lasse Achim und Jürgen hier – vorläufig. Und bringe Wolf und Christa zu Cläre – nach Berlin.

BRIESEN  Du riskierst auch so noch viel, Ilse.

ILSE  Wilkowitz wird mich wieder mit zurücknehmen. Klappt das nicht, schlage ich mich durch. Ich werde es schaffen. Ich hole dann Achim und Jürgen.

BRIESEN  Gebe Gott, daß deine Sorgen sich dann als überflüssig erweisen.

ILSE  Wir sehen uns – bald wieder, Papa. – Wo ist Mama?

BRIESEN  Sag ihr nicht, daß du fortgehst. Ich werde es ihr beibringen, irgendwie. Auf Wiedersehen, Ilse.

ILSE · *sehr beherrscht* · Auf Wiedersehn, Papa.

BRIESEN  Auf Wiedersehn. Auf Wiedersehn, Ilse ...

Und ich ging mit meinen zwei Kindern. Ich brachte sie nach Westen, aber zurück kam ich nicht mehr. Ich versuchte es – gegen den Strom. Gegen den mächtigen, durch keine Pfeiler zu brechenden, von keinem Damm mehr gebändigten, alles niederwalzenden, alles mit sich reißenden Strom, den die Angst vor sich hertrieb. Gegen die Flut, diese alles überspülende Flut, ich versuchte es. Gegen Trecks, gegen Panzer, gegen Feldgendarmen, gegen Menschen. Gegen Behörden, gegen Partei, gegen Befehle. Gegen dieses ganze sinnlose Chaos. Als der Krieg zu Ende war ...

> *Stimmen von vielen Menschen*
> BEAMTER  Name?
> ILSE  Ilse Bandomir.
> EIN ANDERER BEAMTER  Name?
> ILSE  Ilse Bandomir.
> EIN DRITTER BEAMTER  Name?
> ILSE  Ilse Bandomir.
> DER ERSTE BEAMTE  Bandomir? Bandomir?
> ILSE  Wir hatten ein Gut in der Nähe von Danzig. Im Korridor.
> DER BEAMTE  Sind Sie nicht schon mal hier gewesen?
> ILSE  Ich bin jeden Tag hier. Seit einer Woche. Hier sind meine Papiere.
> DER BEAMTE · *blättert darin* · Sobowitz?
> ILSE  So hieß das Gut. Meine Eltern sind dort zurückgeblieben. Und zwei meiner Kinder.
> DER BEAMTE  Sie sind getreckt?
> ILSE  Ich bin mit dem Flugzeug herausgekommen. Ich wollte die beiden Ältesten in Sicherheit bringen. Dann zurück und die Kleinen holen.
> DER BEAMTE  Das hat dann nicht mehr geklappt?
> ILSE  Nein. Ich kam nicht mehr durch.

DER BEAMTE  Da sollten Sie froh sein. Ein zweitesmal wären Sie nicht rausgekommen. – Ihr jetziger Aufenthaltsort?
ILSE  Elfershude bei Bremen.
DER BEAMTE  Nettes Dorf. Da haben Sie's gut getroffen. Adresse?
ILSE  Ich wohne mit meinen beiden Kindern bei Guddes.
DER BEAMTE · *schreibt* · Gudde ...
ILSE  Mit meinen beiden Kindern.
DER BEAMTE  Sobowitz, sagten Sie?
ILSE  Sobowitz Kreis Brentau.
DER BEAMTE  Brentau?
ILSE  Das war unsere Kreisstadt.
DER BEAMTE  Brentau, Brentau ... Da war doch jemand hier. Momentchen. Wo habe ich denn das? · *Er sucht in seinen Listen* · Ja, hier ... Eine Frau aus Brentau. Luisenstraße 32. Gehn Sie mal hin. Vielleicht erfahren Sie was.
ILSE  Danke.


*Bei der Frau aus Brentau*
FRAU  Wie war der Name?
ILSE  Bandomir. Ilse Bandomir.
FRAU  Aus Brentau, sagten Sie?
ILSE  Brentau war unsere Kreisstadt.
FRAU  Dann kennen Sie auch die Pfarrkirche.
ILSE  Die Pfarrkirche kenne ich.
FRAU  Gleich dahinter. Links war das Altersheim. Daneben haben wir gewohnt.
ILSE  An das Altersheim erinnere ich mich nicht.
FRAU  Jeder Brentauer hat es gekannt.

ILSE  Ich bin ja nicht aus Brentau. Wir hatten ein Gut. Fünfzehn Kilometer von dort.
FRAU  Ein Gut?
ILSE  Sobowitz.
FRAU  Sobowitz? Ich habe im Altersheim gekocht und für die Polen Wäsche gewaschen. Da war eine alte Frau, die konnte nicht aufstehen. Ich glaube, die war aus Sobowitz...
ILSE  Ja?
FRAU  Ein Fräulein kümmerte sich um sie. Das Fräulein war Gutssekretärin gewesen und bei der Herrschaft geblieben... Das Fräulein wurde jede Nacht von den Russen geholt. Die hat viel durchgemacht. Wir haben alle viel durchgemacht. Auch ich, obwohl ich als Polin galt. Mein Mann war Pole. Die Russen haben ihn erschossen... Und eines Nachts hat es geklopft. Da dachte ich, jetzt holen sie das Fräulein wieder. Ich dachte: bevor sie die Tür aufschlagen – weil es nämlich verboten war, die Türen zuzusperrn –, da gehst du runter und machst auf. Ich also hinunter, an der Küche vorbei – und da, da sehe ich das Fräulein, ein Kind auf dem Arm und eins an der Hand. Das waren die Enkel von der alten Frau, die dachte nämlich, sie würde sterben. Da wollte sie nochmal die Enkel sehen. Und da ist das Fräulein nach Brentau hinein – denn sie hat gewußt, wo sie waren und hat sie geholt. »Um Gotteswillen«, sagt sie zu mir, »verstecken Sie die Kinder. Ich gehe schon runter!« Ich habe dann die Kinder versteckt, und die Russen – das Fräulein mußte mit, sie hat sich nicht gewehrt. Es durfte ja nicht rauskommen, daß die Kinder da waren. Und wie das Fräulein dann zurück ist, hat sie die Kinder wieder weggebracht. Die alte Frau ist nicht ge-

storben, jedenfalls damals nicht. Das Fräulein hat gesagt, die Kinder haben sie gerettet.

ILSE  Wohin hat sie die Kinder gebracht?

FRAU  Man sagt, die Polen haben alle Kinder von Deutschen, die weg waren, im Waisenhaus untergebracht. Die Enkel von der alten Frau müssen aber bei einer polnischen Familie gewesen sein, von dort hat das Fräulein sie geholt.

ILSE  Wie alt waren die Kinder?

FRAU  Der Kleinste konnte noch nicht laufen, der war noch kein Jahr. Und der andere? Drei vielleicht?

ILSE  Wissen Sie, wo das nächste Waisenhaus war?

FRAU  Das Fräulein hat gesagt, daß die Kinder nach Zoppot sollten. Das Fräulein – jetzt weiß ich auch, wie sie hieß . . . Lottchen.

ILSE  Lottchen!

FRAU  So hat der alte Herr sie genannt, der mit auf den Marsch mußte.

ILSE  Papa!

FRAU  Die alte Frau hat Kleinchen zu ihr gesagt. Ich habe es auch mal zu dem Fräulein gesagt, da mußte sie lachen. – Frau Bandomir, was ist Ihnen? Frau Bandomir, legen Sie sich hin. Legen Sie sich hin, Frau Bandomir · *Pause* · Die Stube gehört meinem Neffen, den konnte ich angeben im Westen. Und weil sie rauskriegten, daß ich keine Polin war. Und weil die Russen meinen Mann – – – Ich war beim ersten offiziellen Transport, der aus Brentau wegging . . .

ILSE  Wann war das?

FRAU  Vor drei Wochen.

ILSE  Und es hat noch mehr Transporte gegeben?

FRAU  So hat es geheißen. Am besten, Sie fahrn nach Hannover, da sind wir ausgeladen worden.

*Im Bahnhofsbunker. Drängen. Gemurmel*

WÄRTER  Es sind nur noch Pritschen frei. Alle Betten belegt. Nachfragen zwecklos. – Name?

ILSE  Ilse Bandomir.

WÄRTER · *blickt auf* · Ach, Sie sind's. Nummer sechs.

ILSE  Danke.

STIMMEN  Die kriegt 'n Bett! – Warum die? Ist wohl was Besonderes? – Die mit ihre Extratour.

WÄRTER  Klappe, Herrschaften. Hier bestimme ich.

FRAU  Wer ist'n die?

MANN  Ne Baronin. Tülili. Sehn Se doch.

ILSE · *etwas entfernt* · Sind Sie aus dem Osten?

STIMME  Ne, aus Sachsen.

ILSE  Sie? Wer ist aus Danzig? Haben Sie zwei kleine Kinder gesehn? Kennen Sie ein Fräulein Gudde?

STIMMEN  Nein. Nicht bekannt. – Sie fängt schon wieder an mit dem Zirkus. – Lassen Sie mich in Ruhe. Aus dem Osten? Ja – aus Allenstein. Wen suchen Sie?

WÄRTER  Ist jetzt die zehnte Nacht, die sie kommt.

STIMME  Arme Frau.

WÄRTER  Jeden Zug läuft sie ab.

FRAU  Die dreht durch, das sieht man ja.

WÄRTER  Sie sucht ihre Kinder. – Hier, Ihre Marke.

MANN  Kein Bett?

WÄRTER  Haben Sie nicht gehört, es sind nur noch Pritschen frei. Kommen Sie das nächste Mal etwas zeitiger.

MANN  Gott behüte: das nächste Mal.

WÄRTER  Hat mancher gesagt. Am nächsten Abend war er wieder da.

MANN  Ich nicht. Ich geh morgen früh über die grüne Grenze.

WÄRTER  Lassen Sie sich man nicht erwischen.

MANN   Mich erwischt keiner.

WÄRTER   Glauben Sie, drüben ist es besser?

MANN   Schlechter auch nicht.

WÄRTER   Na dann viel Vergnügen. – Also Ruhe jetzt, Herrschaften. Wer Krach macht, fliegt raus. Feierabend.

ILSE · *leise* · Sie – Sie gehen über die Grenze?

MANN   Sie hören auch alles.

ILSE   Wo?

MANN   Bei Oebisfelde. Da ist ein Loch.

ILSE   Nehmen Sie mich mit.

MANN   Bin dagegen.

ILSE   Bitte nehmen Sie mich mit.

MANN   Aus Polen sind Sie?

ILSE   Danzig. Etwas südlich davon.

MANN   Hinter der Weichsel?

ILSE   Vor der Weichsel.

MANN   Da liegt noch die Oder dazwischen. Kein Boot, keine Brücke.

ILSE   Und die Eisenbahn?

MANN · *lacht* · Sdrastwujte, Genossin. Der Samowar summt schon. Mit Zucker? Oder wie wünschen Sie den Tee?

ILSE   Ich weiß, es fahren Züge von Berlin.

MANN   Für Russen.

ILSE   Auch für Polen.

MANN   Aber niemals für Deutsche.

ILSE   Nehmen Sie mich mit. Ich muß nach Berlin. Bitte –

MANN   Also gut. Morgen früh. Ich wecke Sie ...

Manchmal drangen Namen von irgendeiner Mitte in unsere Welt: Berlin. Kempinski. Papa hatte Freunde im Ministerium besucht; Regimentskameraden. Dann unterhielt man sich einen Tag lang. Friedrichstraße, Kranzler Unter den Linden. Potsdamer Platz ...


*Straße in Berlin*
BERLINER  Suchen Sie wen Bestimmtet, Frolleinchen?
ILSE  Die Polnische Militärmission.
BERLINER  Die Innere Missjon, die könnt ick Ihnen zur Not noch verrahtn. Aber ne polnische – Militär, ja det seh ick alladings zu Genüge hier in Balin in dieset heldische Jaahr fünfundvierzig. Warten Se mal. Wat für ne Fahne haben die? Weiß-Rot, wa? Mit so'n zerruppten Adler drin? Na, Mensch, wo ha'ck denn so wat flattern sehn? Ick hab's. Ham Sie aber Glück, junge Frau, det mir det grade jetzt einfällt. Nu passen Sie mal scheen uff. Fahrn Se nach Dahlem raus. Und gleich wenn Se aus die U-Bahn kommn, linksrum uff die drübensche Seite. Sehn Se schon, ja nich zu vafehln.
ILSE  Danke.
BERLINER  Hoffentlich lassen die Ihnen überhaupt vor. Mit die Sieger ist das so ne Sache. Nu kommen Se mal. Und stärken Sie sich mal erst, sonst globen die, Sie sind 'n weibliches Gegenstück von Gandhin in de Fastenzeit. Hier, 'n Stückchen Wurst. Na nehmse schon, wenn't auch nich ville is. Erhandelt for fünf Lacki Streike, die mir 'n Ami vermacht hat ... Und wissen Se, wie? Onkel, ha'ck zu den jesacht, du kannst lachen, du hast ne Uniform, ick hab se einfärben

müssn, da ist det Ding zusammngeschnurrt, nun ha'ck 'n ganz schönen Abtreta, aber keene Uniform mehr, det macht mir ganz traurig. – Fünf Lacki Streikes, wat will man mehr?

*Polnische Militärmission*
POLNISCHER OFFIZIER  Name?
ILSE  Ilse Bandomir.
POLNISCHER OFFIZIER  Sie sind Deutsche?
ILSE  Wir waren bis 1939 polnische Staatsangehörige.
POLNISCHER OFFIZIER  Wollen Sie damit sagen, daß Sie Polen verraten haben?
ILSE  Wir sind in der Heimat geblieben. Wir haben Polen nicht verraten, genau so wenig, wie wir Deutschland verraten haben, als wir 1919 polnisch wurden.
POLNISCHER OFFIZIER  Sie haben Mut. Sie kommen hierher auf die polnische Militärmission und wollen behaupten –
ILSE  Ich will meine Kinder. Sie sind auf unserm Gut geblieben. Jürgen ist neun Monate – und Achim drei Jahre alt. Man hat sie in Brentau noch im Mai gesehen. Geben Sie mir einen Passierschein, bitte.
POLNISCHER OFFIZIER  Ausgeschlossen. Ich bin dazu nicht befugt.
ILSE  Bitte. Ich habe ein Recht auf meine Kinder.
POLNISCHER OFFIZIER  Alle elternlosen Kinder in den ehemals deutschen Gebieten sind in polnischen Waisenhäusern untergebracht. Ein Rechtsanspruch auf diese Kinder besteht solange nicht, bis festgestellt ist, daß es sich wirklich um deutsche Kinder handelt und um keine polnischen. Das kostet Zeit.

ILSE  Jetzt ist November.
POLNISCHER OFFIZIER  Wir werden uns bemühen. Sie können außerdem eine Suchanzeige aufgeben. Füllen Sie dieses Formular aus.
ILSE  Bitte, geben Sie mir die Reiseerlaubnis. Bitte.
POLNISCHER OFFIZIER  Ich habe keine Befugnisse.
ILSE  Bitte, helfen Sie mir.
POLNISCHER OFFIZIER  Schreiben Sie nach Brontislawa – wie Brentau jetzt heißt.
ILSE  Man soll die Kinder nach Zoppot gebracht haben.
POLNISCHER OFFIZIER  Dann schreiben Sie nach Zoppot · *sieht in Papieren nach* · An das Waisenhaus in der Ulica Czerwonej Armii. Adressieren Sie an den polnischen Staat. Alle Waisenhäuser sind staatlich.
ILSE · *murmelnd* · Ulica Czerwonej Armii ... Ulica Czerwonej Armii ...


*In Cläre Bandomirs Wohnung*
CLÄRE  Du darfst nicht hinüber, Ilse.
ILSE  Ich renne nicht deshalb hier in Berlin von Amt zu Amt, um d a s von dir zu hören, Cläre.
CLÄRE  Es ist Selbstmord, Ilse.
ILSE  So sagte mein Vater, als ich losfuhr.
CLÄRE  Man wird dich verhaften, dich nicht zurücklassen. Es ist Winter. Du bist nicht die Kräftigste. Du mußt damit rechnen, daß deine Eltern nicht mehr leben. Wenn man sie nicht erschossen hat, sind sie verhungert.
ILSE  Das weiß ich alles, Cläre.
CLÄRE  Aber ich muß es dir noch einmal sagen. Wenn deine Kinder durchgekommen sind, dann geht es ihnen

nicht schlechter, als es hier tausenden von Kindern geht. Die Polen kümmern sich um sie. Setz du dich jetzt nicht Gefahren aus, die unnötig sind. Fahr meinetwegen, wenn der Winter vorüber ist –

ILSE  Ich fahre jetzt.

CLÄRE  Und Wolf? Und Christa?

ILSE  Sie sind bei Guddes gut aufgehoben. Wolf ist ein vernünftiger Junge und Christa ist sehr selbständig geworden.

CLÄRE  Ich verstehe dich trotzdem nicht.

ILSE  Du hast keine Kinder.

CLÄRE  Aber ich bin die Schwester deines Mannes. Ich weiß, daß Eckehard deinen Entschluß nicht billigen würde – niemals.

ILSE  Ich bin Eckehards Frau. Meinst du, daß du ihn besser kennst als ich?

CLÄRE  Er hätte es nicht zugelassen.

ILSE  Wenn er hier wäre – nein. Dann wäre er selbst gefahren. Jetzt muß ich es tun – an seiner Stelle.

CLÄRE  Ilse – wir haben, seitdem du hier bist, versucht, von Eckehard so zu sprechen, als gäbe es keinen Zweifel daran, daß er wiederkommt.

ILSE  Keinen Zweifel –

*in dunkler Ahnung* · Cläre – – – Du weißt etwas. Was weißt du? Sag es. Du mußt es mir sagen.

CLÄRE  Ilse – *sie zögert* Ich weiß nur, was die Suchdienste dir auch geschrieben haben.

ILSE  Daß man ihn vermißt – wie alle von seiner Feldpostnummer? Du weißt mehr, Cläre!

CLÄRE  Ja –

ILSE  Er ist tot.

CLÄRE · *schweigt* · Ja, Ilse.

ILSE  Ich habe es gewußt. Die ganze Zeit.

CLÄRE  Vorige Woche kam die Nachricht. Eckehard ist bei Budweis gefallen ... am 24. März. – Fahr nicht, Ilse. Ich beschwöre dich, fahr nicht ...
ILSE · *tonlos* · Am Ostbahnhof geht ein polnischer Kurierzug ab. Um fünf, heute Nachmittag. Er ist für Deutsche bis Küstrin benutzbar. Aber erst hinter der Oder wird kontrolliert. Man kann der Kontrolle entgehen, wenn man sich in einem Gehölz versteckt, solange der Zug hält. Fährt er an, springt man auf ...

*Es ist November. Über die Ebene östlich Berlins peitscht der Wind, eisiger Vorbote eisiger Zeiten. Wir schreiben das Jahr 1945.*
*Der Zug ist weitergefahren. Über den Fluß, der den merkwürdigen Namen Oder hat. Schwarz schimmert er herauf. Die Frau, die in der Ecke eines Abteils des dritten Wagens lehnt, glaubt den Fluß hinter der schmutzigen Scheibe wahrzunehmen. Sie irrt. Sie hört nur das hohle Rauschen über den Brückenpfeilern, die im Strombett stehn.*
*Beiderseits des Flusses liegt Küstrin. Wenn du drüben bist, steht da ein Wasserturm linker Hand, hat jemand zu der Frau gesagt. Neben dem Wasserturm ist ein Gehölz. Da kannst du dich verstecken.*
*Jetzt muß gleich der Wasserturm kommen, denkt die Frau. Dann hört sie Gepolter vorn im Gang. Stiefelschritte. Gewehrkolben stoßen Türen auf. Kontrolle.*
*Im gleichen Augenblick quietschen die Bremsen. Die Frau öffnet die Tür und gleitet hinaus. Sie fühlt Schotter unter den Füßen, rennt los. Ein Scheinwerfer gleißt auf, tastet sie ab. Sie wirft sich hin. Der Scheinwerfer wandert weiter.*
*Da ist der Wasserturm. Da das Gehölz.*

*Sie läuft drauf zu, stolpert über Schienen, fühlt Zweige unter sich, läßt sich fallen, wird bewegungslos, erstarrt.*
*Wie lange sie liegt, weiß sie nicht. Der Frost, meint sie, hat sie mit der Erde vereinigt. Sie blickt zurück. Der Zug, ein dunkler Strich überm reifbedeckten Gelände, ist noch da. Sie erhebt sich, steif, als entstiege sie einem Sarg. Ohne Besinnung laufen ihre Gliedmaßen auf den dunklen Strich zu, erklimmen ein Trittbrett. Da fährt der Zug an.*
*Sie reißt die Wagentür auf, zieht sich empor ... Wchodz, sagt jemand. Komm herein, heißt das ... Kontrola przeszła. Kontrolle vorbei ... W porządku, sagt sie, in Ordnung. Sie sagt es so beiläufig wie möglich. Dann fällt sie in ihre Ecke ...*

Ich höre, was sie sprechen – wie durch einen Vorhang. Ein Wort. Einen Satz. Wieder ein Wort.
– In Danzig hast du ihre Sprache nicht gelernt.
In den Kammern der Mägde. Im Stall, wenn der Kutscher mit den Pferden sprach. Mehr nicht.

>  FRAU  Jadę do Warszawy.
>  ILSE · *sich die Worte übersetzend* · Bis Warschau muß ich, sagt sie.
>  DIE ANDERE  Ja wysiadam w Poznaniw. – A ona?
>  ILSE  Ich steige in Posen aus, sagt sie. –
>  Und die da drüben?
>  FRAU  Niech śpi. Pewno jest chora.
>  ILSE  Laß sie schlafen, sagt sie. Hat Schmerzen, glaube ich.
>  DIE ANDERE  Ona? Jak ono jest chora, to Czarna Madonna zblednieje.
>  ILSE  Wenn die krank ist, wird die Schwarze Madonna weiß, sagt sie. Weshalb ist sie ausgestiegen, vorhin?

DIE ANDERE · *ruft Ilse an* · Heh, du, bist wohl eine Deutsche. Schläfst du?

ILSE  Ich schlafe nicht.

DIE ANDERE  Was tust du dann?

ILSE  Ich denke an zu Hause.

FRAU  Wer tut's nicht in dem Zug hier? Wo bist du zu Hause?

ILSE  Ich – ich bin Kaschubin. Habe in Deutschland gearbeitet.

DIE ANDERE  Da hast du dein Polnisch wohl verlernt, wie?

FRAU  Geht's uns was an? Sie versteht, was wir sagen. Wir verstehn sie auch. – Wo willst du denn hin?

ILSE  Nach Gdansk.

FRAU  Gdansk! Hast deinen Mann dort?

ILSE  Hab keinen Mann mehr. Nur Kinder.

DIE ANDERE  Kleine Kinder?

ILSE · *schweigt*

DIE ANDERE  Wenn du willst, kannst du mit mir gehn. Gehst mit mir in Posen, wo ich aussteig. Da ist wieder Kontrolle.

ILSE  Kontrolle?

DIE ANDERE  Aber ich helf dir, damit du nach Gdansk kommst. Das ist nicht so einfach – ohne Fahrkarte.

ILSE  Danke – dzię-kuję.

DIE FRAUEN · *verbessern sie* · dziękuję.

*Alle lachen. Das Rollen des Zuges – jetzt verliert es sich über dem Schienenstrang in die Weite, wird schwächer und schwächer*

*Zwei Tage* später tritt Ilse Bandomir in Danzig-Oliva aus einem Kellereingang, in dessen Nische sie kampiert hat, mit einem Bündel Lumpen unter dem Arm, ein Kopftuch ums strähnige Haar geschlungen, in den diesigen Novembermorgen. Sie braucht nicht zu fragen, wo der Weg nach Zoppot verläuft; sie kennt diesen Weg; im Schlaf könnte sie ihn gehen. Die Stadt ist noch nicht erwacht. Niemand begegnet ihr. Noch eine Stunde, und sie wird vor der Tür des Waisenhauses von Zoppot in der Ulica Czerwonej Armii angelangt sein. Sie weiß, wenn sich diese Tür öffnet, entscheidet das Schicksal – für sie oder gegen sie.

Sie weiß es und geht darauf zu.

## ZWEITER TEIL

# JADWIGA

*E*ine klare, kalte Dezembernacht. Das Jahr 1945 geht in seine letzten Tage, ein Jahr, das das Ende des Krieges gebracht hat, aber noch kein Ende von Angst, Verzweiflung, Gewalt und Tod. Jeder Sinn ist aus den Zeiten gewichen; wer die Frage nach dem Sinn dennoch stellt, ist ein Narr.
Eine klare, kalte Dezembernacht. Auch die Frau, die in Zoppot in einem Haus hinter dem Strand auf einer Matratze liegt, stellt die Frage nach dem Sinn nicht mehr – so sinnlos ist das Geschehen, an dem sie gegen ihren Willen beteiligt wurde, mit ihr verfahren.
Sie horcht in die Stille der Nacht, die keine Stunde hat.
Von keinem Turm schlägt eine Uhr in diesem Land zwischen Weichsel und Oder, die Glocken, gegen die die Hämmer einer Turmuhr schlagen könnten, sind stumm, und die meisten Kirchtürme sind dem Erdboden gleich; es wird Jahrzehnte dauern, bis sie aus der Ebene wieder aufstehen.
Unverändert aber rollt das Meer gegen den Strand – einen Strand, der nie mehr der alte sein wird. Hier drängten sich Hunderttausende, ein Winterlager der Verzweiflung, mit Pferden, Wagen, letzter Habe.

*Das Meer rollt gegen den Strand, gleichmäßig, monoton*
– Das Meer. Hörst du das Meer?
Ich habe es nie gehört, wenn ich in Zoppot war. Ich war jung damals. Hatte keine Zeit darauf zu achten. Es war »die See«. Immer nur »die See«. Nichts Urgewaltiges, Grundloses ... Die Fischer in Brösen hatten Boote, nicht sehr große, und trugen Schirmmützen. Es genügte, einmal mit ihnen hinausgefahren zu sein. Kehrte man heim, sah man den Strand, hell und flach, ein paar Dünen, hier und da ein Gehöft, dahinter die bewaldeten Höhen von Oliva. Mir war, als käme ich nicht vom Meer, sondern zu Hause vom Moorsee, wo ich gerade das Staknetz gestellt und die Krebsreusen geleert hatte ...
Lag ich aber am Nordbad im Sand, hörte ich das Geschrei der Badenden, das Tuten eines Dampfers vom »Seedienst Ostpreußen«, die Klänge der Kurkapelle ... oder ich sah hinüber zum Kurhaus. Im ersten Stock schimmerten geheimnisvoll die Fenster des Spielcasinos. Ich war überzeugt, dahinter lebte sie, die große Welt.
Als ich das Abitur hatte, durfte ich zum erstenmal hinauf. Alte Damen saßen beim Baccarat und an den Roulettetischen, verfolgten durch Lorgnetten das Kreisen der Kugel inmitten der grünen Vierecke, legten ihre Chips gelassen, ohne Aufregung, auf die Zahlenfelder, und Mama sagte: sie verbessern ihre Pensionen. Mich ärgerte ihre Gelassenheit, und während Mama spaßeshalber auch ein paar Chips setzte, blickte ich durch die seidenen Gardinen hinunter auf den Seesteg, wo die Kurgäste auf- und abgingen ... Ich hörte Mamas Stimme hinter mir: »Wo bist du, Ilse? Hattest du Angst, daß ich verlieren könnte? Aber Kind! Es war doch nur ein kleiner Einsatz! Denke dir, ich habe ihn auf Heller und Pfennig herausbekommen.«

Immer war es so, so oft wir hinaufgingen: immer bekam Mama heraus, was sie eingesetzt hatte. Es war nicht viel, sie hätte nie größere Einsätze gewagt, den geringen jedoch ohne Verdruß eingebüßt ...
»Ich weiß, du magst dieses Casino nicht«, sagte sie. »Aber sieh dir die Leute an, vertreiben sie sich nicht glänzend die Zeit? Man darf halt keine Furcht haben – vor dem Verlieren nicht und nicht –« sie zögerte, »– vor dem Glück.«


Erinnerungen... Gestochen scharf wie Bilder eines Sonntagsmalers stehn sie in der Nacht, stehn sie zum Greifen nah vor Ilse Bandomir ... und werden blasser und blasser wie vergilbende Fotografien. Plötzlich fährt sie aus ihrem Traum auf. Sie ist hellwach. Durch den Vorhang, der ihre Kammer vom Nebenzimmer trennt, sieht sie die Silhouette eines Menschen – eine Frauengestalt. Die Gestalt beugt sich über ein Kinderbett, nimmt den Kleinen, der darin liegt, hoch und küßt ihn.
Mit angehaltenem Atem, als habe sie kein Recht, Zeugin dieser Szene zu sein, sinkt Ilse wieder auf ihr Lager zurück. Ein paar Stunden noch, dann wird s i e dieses Kind nehmen und mit ihm fortgehn, Jadwiga Rekowska aber, die sich jetzt über das Bettchen beugt, wird zurückbleiben, eine fremde Frau, bald aus jeder Erinnerung gelöscht – und gelöscht werden sein die Tage, die seit Ilses Ankunft in Zoppot vergangen sind.


*Eine Straße. Wind*
Dom dziecka, Haus der Kinder – da steht es. Haus m e i n e r Kinder???

Man wird mir öffnen. – Was wollen Sie? – Ich werde es sagen: meine Kinder. Achim und Jürgen. – Hier heißt kein Kind Achim. Hier heißt keins Jürgen. Hier haben die Kinder polnische Namen. Sie werden die Tür zuschlagen. Sie werden mich nicht vorlassen – O mein Gott, sie werden sagen – – – diese deine Kinder – die sind nicht im Dom dziecka, sind nie hier gewesen.

> Sie läutet, das durchdringende Scheppern einer Klingel wird hörbar. Schritte. Die Tür wird geöffnet
> POLIN  Co pani życzy?
> ILSE · *schweigt*
> POLIN  Dlaczego pani nich nie mówi? –Sie haben haben doch eben geläutet. Sprechen Sie deutsch?
> ILSE · *bringt kein Wort heraus*
> POLIN  Verstehen Sie mich nicht? Warum läuten Sie?
> ILSE  Ich – ich suche – suche – – – · *Ilse versagen die Kräfte. Sie fällt um*
> POLIN  Was ist Ihnen – Jagna! · *sie ruft ins Haus* · Pomocy! · *Stimmen. Das Personal läuft zusammen*
> STIMMEN  Co jest? Co się stało?
> Mój Boże, co się stało? – Ist sie tot?
> POLIN  Musimy ją wnieść. – Wir müssen sie hineintragen.
> STIMMEN  To niemka? Eine Deutsche – was will sie?
> *Man trägt Ilse hinein*

> *Im Zimmer der Oberin*
> POLIN  Ist Ihnen besser? Etwas zu trinken? Etwas Warmes. Wird Sie stärken.
> ILSE  Dziękuję · *Sie trinkt* · Ah, das tut gut.
> POLIN  Wo kommen Sie her?
> ILSE  Aus Danzig.

POLIN  Heute morgen?
ILSE  Ich bin gelaufen.
POLIN  Gelaufen?
ILSE  Ich bin nachts mit der Bahn in Danzig angekommen.
POLIN  Sie – sind nicht von hier?
ILSE  Nein – – – ja – – –
POLIN  Nein, ja – wie denn nun?
ILSE  Ich suche meine Kinder... Achim und Jürgen... Auf der polnischen Militärmission in Berlin hat man mir gesagt –
POLIN · *ungläubig* · In Berlin?
ILSE  Ja. Meine beiden Kleinen und ich – – – wir sind durch die Flucht... auseinandergekommen.
POLIN  Haben Sie Papiere?
ILSE · *nestelt an ihrer Tasche* · Hier.
POLIN · *blättert, liest* · »Bescheinigung. Es wird Frau Ilse Bandomir bestätigt... Kommandantur von Berlin...« Nein, von der polnischen Militärmission – Sie sagten doch, die haben Sie hierher geschickt.
ILSE  Man hat mir dort nur Ihre Adresse gegeben.
POLIN  So? Nur unsere Adresse.
ILSE  Es ist die Wahrheit.
POLIN  Wenn ein Deutscher sagt: die Wahrheit –
ILSE  Es ist aber so. Man hat mir gesagt, alle deutschen Kinder ohne Eltern sind in Kinderheime gebracht worden... in Zoppot in die Ulica Czerwonej Armii.
POLIN  Hier sind nur Polenkinder... Kinder von polnischen Eltern, die die Deutschen umgebracht haben.
ILSE  Es wird so sein, verzeihen Sie.
POLIN  Alle deutschen Kinder sind ins Waisenhaus nach Ohra gekommen.

ILSE  Dann sind meine Kinder –
POLIN  Vielleicht. Was weiß ich – Gehen Sie nach Ohra.

*In Ohra*
SCHWESTER  Hier in Ohra w a r e n deutsche Kinder, da hat die Dame aus Zoppot recht. Alle diese Kinder sind nach Deutschland transportiert worden. Fragen Sie dort beim Roten Kreuz.
ILSE · *flehend* · Achim und Jürgen Bandomir.
SCHWESTER  Nie gehört, diese Namen.
ILSE  Der Jüngste ist anderthalb Jahre.
SCHWESTER  Ein so kleiner Junge war überhaupt nicht hier. Versuchen Sie es nochmal in den anderen Vororten. In Langfuhr, da ist auch ein Kinderheim.

*In Langfuhr*
DAME  Hier in Langfuhr? Hier sind nur polnische Kinder. Vielleicht in Neugarten?

*In Neugarten*
FRÄULEIN  Wer hat Ihnen das auf die Nase gebunden? In Neugarten war nie ein solches Kinderheim. Fragen Sie bei der Stadtwohlfahrt in Gdansk. Wenn – dann müssen die was wissen.

*Auf der Stadtwohlfahrt in Danzig*
MANN  Unverschämtheit! Am Ende behaupten Sie, wir haben Ihre Kinder geraubt. Wenn Sie nicht sofort verschwinden, rufe ich die Miliz.

Überall die Trennwand. Eine Mauer. Unüberbrückbar. Kein lockerer Stein darin. Keine Lücke, durch die ich jemand sehe.

*Sie geht eine leere Straße hinauf. Ein Entgegenkommender bleibt stehen* · Die Menschen, sie starren mir nach, obwohl sie genau so zerlumpte Sachen tragen wie ich. Woran erkennt man mich? Ich höre, wie sie alle murmeln: »Was will sie hier? Eine Deutsche...« Woran sieht man, daß ich - Ich mache irgendetwas falsch. Ich muß mich gleichgültiger geben. So unauffällig gehen wie alle hier... sie gar nicht beachten, die andern...

*Zwei Milizsoldaten kommen aus der Nebenstraße*
ERSTER POSTEN   He, dokąd? Chyba nam nie uciekniesz?
ZWEITER POSTEN   Stój · *Ilse gehorcht* · Was hast du vor?
ERSTER POSTEN   Dokąd?
ILSE   Ich verstehe nicht.
ZWEITER POSTEN · *zu seinem Kameraden* · Wiedziałem przecież że to niemka · *Zu Ilse* · Wo-hin?
ERSTER POSTEN   Wohin – mußt du dir erst ausdenken, was?
ILSE   Zum Olivaer Tor.
ZWEITER POSTEN · *höhnisch* · Olivaer Tor · *heftig* · War einmal. Oliwska brama, sagt man jetzt.
ERSTER POSTEN   Was willst du dort? Wo wohnst du? Wo kommst du her?
ILSE   Bitte, lassen Sie mich gehen. Meine Kinder – ich muß zu meinen Kindern.
ERSTER POSTEN   Kinder? Sagen alle, wenn man sie faßt – solche wie du.
ZWEITER POSTEN   Vorwärts. Wenn du Kinder hast, kannst du Wäsche waschen.
ERSTER POSTEN   Wäsche von Offizier...
ZWEITER POSTEN   Wäsche von uns · *lacht* · Wo schon das Weiße durchkommt.

ILSE  Ich will es ja gerne tun.
ERSTER POSTEN  Du willst? · *böse* · Du mußt. Früher haben w i r gemußt. Jetzt mußt du. Komm mit.

Wer konnte wissen, daß die Kaserne, in der ich die Wäsche der beiden Soldaten wusch, an den Hof des Krankenhauses grenzte. Ich blickte hinüber auf die von Einschüssen beschädigte Rückfront, ein Wunder, daß das Gebäude inmitten der Ruinen noch stand. Ich suchte die Fenster ab, eins der Zimmer dahinter hatte Mama bewohnt, nach ihrer Operation ... Ich hatte sie täglich besucht ... Wieviele Jahre lag es zurück? Hinter den Fenstern sah ich Gestalten in weißen Kitteln. Plötzlich erinnerte ich mich, daß Ellen, mit der ich zur Schule ging, hier am Krankenhaus im letzten Kriegsjahr Assistenzärztin gewesen war. Abends, als man mich entließ, schlich ich ins Krankenhaus hinüber, fragte nach ihr ...

ELLEN  ... Ich bin Ärztin hier. Ja, Ilse – ein Wunder, nicht wahr? Es ist nicht einfach, als Deutsche. Aber sollte ich fliehen? Ich wollte meine Kranken nicht im Stich lassen. Man braucht mich. – Du kannst hier schlafen. Ich richte dir ein Bett ein hinter dem Vorhang da. Aber du kannst erst gegen 10 kommen. Warte, bis du Licht in meinem Zimmer siehst. Dann wirf ein Steinchen gegen das Fenster. Niemand darf wissen, daß du hier bist. Ich bin verpflichtet, jeden Deutschen zu melden, der mich besucht.
ILSE  Ich sollte – – – wieder gehen, Ellen.
ELLEN  Nein, du bleibst hier.
ILSE  Du weißt nicht, warum ich herkam.
ELLEN  Doch. Du willst deine Kinder holen. Ich kenne deine Geschichte. Jeder Deutsche in Danzig kennt sie. Deinen Vater hat man verschleppt. Und deine

Mutter – ach Ilse, für sie ist es besser, daß sie's nicht überstand. Hier im Krankenhaus war eine Frau, die stammt von einem eurer Nachbargüter, ich glaube von Mirau.
ILSE  Mirau?
ELLEN  Ja. Die hat mir alles erzählt ... Deine Mutter liegt in Brentau auf dem evangelischen Friedhof ... Von dieser Frau weiß ich auch, daß dein polnisches Kindermädchen die beiden Kleinen gerettet hat.
ILSE  Tschecha?
ELLEN  Ich glaube, so sagte sie – Tschecha. Tschecha hat die Kinder von Sobowitz – diese Formulierung ist nicht von mir, die hat wörtlich die Frau gebraucht –, Tschecha hat die beiden Kleinen dann zu Instleuten bei euch gegeben. Von dort sind sie zu einer polnischen Familie nach Brentau gekommen. Dann erst sind sie verschwunden. Man soll sie in ein Kinderheim gebracht haben.
ILSE  Ja – nach Zoppot in die Ulica Czerwonej Armii! Aber dort bin ich gewesen. Man hat mich abgewiesen.
ELLEN  Das hat nichts zu bedeuten. Geh noch mal hin. Immer wieder ...


*Kinderheim in der Ulica Czerwonej Armii*
OBERIN  Sie waren schon einmal hier? Wann?
ILSE  Vor einer Woche.
OBERIN  Das Personal hat gewechselt. Hier wechselt fortwährend das Personal. Jetzt sind graue Schwestern aus Lodz hier. Ich bin die Oberin.
ILSE  Frau Oberin, ich suche meine Kinder, zwei Buben, Achim und Jürgen. Der eine ...

OBERIN  Das sagten Sie schon. Wann haben Sie sie zuletzt gesehen?

ILSE  Im Februar. Ich brachte die beiden Älteren nach Deutschland. Ich konnte dann nicht mehr zurück.

OBERIN  Die Kinder müßten in dieser Liste stehen – falls sie hier gewesen sind · *Sie überfliegt die Liste* · Kein Achim, kein Jürgen. Lesen Sie, hier bitte . . .

ILSE · *liest* · Verzeichnis der nach Ohra gebrachten deutschen Kinder . . .

OBERIN  Kein Bandomir darunter. Sehen Sie selbst . . .

ILSE  Vielleicht hat man ihre Namen nicht gewußt. Ich habe eine Fotografie – von dem Älteren, Achim. Da – *sie reicht das Bild hinüber* · vom Jüngsten habe ich kein Bild.

OBERIN  Ihnen wie aus dem Gesicht geschnitten. Ein hübscher Junge. Ich werde das Foto unseren Kindern zeigen. Vielleicht kennt ihn jemand. Warten Sie . . .


*Ellens Zimmer im Krankenhaus*

ELLEN  Wem hat sie das Bild gezeigt – wirklich den Kindern? Warst du dabei?

ILSE  Nein, Ellen. Aber man spürt ja, ob's einer ehrlich meint. Nach fünf Minuten kam sie zurück. Es täte ihr leid, aber niemand erinnere sich an ihn.

ELLEN  Ich glaube es nicht. Jedenfalls ist es kein Beweis – Warte, es hat geklopft. Geh hinter den Vorhang. – Herein.

PFLEGER · *tritt ein* · Ich bin's, Frau Doktor.

ELLEN  Stanişlaw – was gibts?

PFLEGER  Frau Doktor – Station III – wir haben gehört – ist es wahr, Frau Doktor?

ELLEN  Ja, Stani. Es ist wahr.

PFLEGER  Station III, Frau Doktor – wir wollen zum Chef gehn und sagen: Frau Doktor bleibt auf Station.
ELLEN  Geht nicht hin. Ihr helft mir damit nicht. Ich weiß, ihr meint es gut mit mir.
PFLEGER · *beharrlich* · Frau Doktor bleibt hier.
ELLEN  Ich weiß nicht, Stani – ich glaube, ich muß fort. Sag den Schwestern – nein, sag nichts.
PFLEGER · *flucht* · Marny pies! · *Er geht hinaus*
ILSE  Was ist passiert?
ELLEN  Ach – da war eine Transfusion nötig. Ich mußte handeln, oder es wäre zum Exitus gekommen. Der Chef hatte eine Beobachtungszeit angeordnet...
ILSE  Das ist der Grund? Deshalb mußt du gehen?
ELLEN  Er ist in Treblinka gewesen. Frau und Kinder haben sie vor seinen Augen in die Gaskammern geführt. Ist es ein Wunder, daß er uns haßt? Ach, Ilse – – Ich bin Ärztin, aber ich bin Deutsche. Als Deutscher kannst du nie die Absicht haben, Menschen zu retten – du hast immer nur vor, sie umzubringen... Er muß so denken, jeder Pole muß so denken. Vermutlich wird man mich ins Reich abschieben. Das ist das Beste, was ich erhoffen kann.
ILSE  Wann – rechnest du damit?
ELLEN  In drei Tagen geht ein regulärer Transport. – Das ist aber jetzt gar nicht wichtig. Wichtig ist, daß d u noch drei Tage Zeit hast. Solange ich hier bin, bring ich dich durch. Hör zu, die Frau, von der ich erzählte – sie will dich nicht sprechen, offenbar hat sie Angst vor Vorwürfen, daß sie's mit den Deutschen hielte –, aber gestern – ist sie nach Mirau gefahren.
ILSE  Sie ist noch hier? Ich dachte, sie wäre längst fort.
ELLEN · *übergeht die Frage* · Also nach Mirau fuhr sie,

um ... Genaueres über die »Kinder von Sobowitz« zu erfahren. Sie ... sie sagte wieder: »die Kinder von Sobowitz«; aber heute, als sie zurückkam, sagte sie: »Achim und Jürgen«.

ILSE  Achim und Jürgen!

ELLEN  Und nun das Ergebnis: man hat deine Kinder von Brentau aus, wo Lottchen zum letztenmal mit ihnen gesehen wurde, tatsächlich nach Zoppot gebracht.

ILSE  In die Ulica Czerwonej Armii?

ELLEN  Ja, Ilse. Die Frau aus Mirau will beschwören, daß deine Kinder ins Dom dziecka von Zoppot gekommen sind.

ILSE  Dann werde ich morgen wieder hingehen.

ELLEN  Aber nicht allein – das wäre sinnlos. Ich werde Stanislaw bitten, das ist der Bursche, der gerade hier war, der beste Pfleger im Haus, und er geht durchs Feuer für mich ... ich werde ihn bitten, dich zu begleiten und zu dolmetschen. –

ILSE  Ach Ellen –

ELLEN  Drei Tage noch, Ilse. Du wirst deine Kinder finden. Vielleicht kann ich eins in den Transport schmuggeln, mit dem ich fahre · *versucht zu scherzen* · Was man hat, hat man.

ILSE  Ich möchte deine Kraft haben, Ellen.

ELLEN  Kraft? Mit der ist es nicht weit her. Ich bin hart geworden, im Hinnehmen · *leise* · so hart, daß ich – oft daran zweifle, ob ich noch eine Seele habe. Mein Gott, und Gefühle ... hast du nicht, darfst du dir nicht leisten. Oder du gehst unter. – So, ich muß noch ein paar Spritzen geben. Ich schließ dich ein, und du rührst dich nicht, wenn es klopft. Iß und trink jetzt. Bis später ...

Mit Stanislaw in die Ulica Czerwonej Armii. Die Oberin ist ausgegangen. Aber was sie gesagt hat, stimmt: bis auf zwei Küchenmädchen hat das ganze Personal gewechselt. Dennoch hat es den Anschein, als wüßten alle Bescheid. Stanislaw ist hartnäckig: »Die Kinder sind hier abgeliefert worden!« Von neuem durchblättert eine der Schwestern die Liste. Kein Achim, kein Jürgen. Stanislaw ist frech und droht mit der Miliz. Die Schwester weist auf mich und sagt auf Polnisch, soviel verstehe ich: »Einer Deutschen glaubst du? Pfui! Was will sie hier? Hat sie überhaupt ein Recht hier zu sein?« Stanislaw zieht die Schultern hoch und sagt etwas dunkel Drohendes. Die Schwester weigert sich, mir die Kinder des Heims vorzuführen. Stanislaw sagt: »Wir kommen morgen wieder.«
Der nächste Tag. Schnee ist gefallen. Ich bin matt und resigniert, als wir in die Ulica Czerwonej Armii einbiegen. Wir klingeln nicht, stellen uns am Hintereingang auf. Da macht eins der Mädchen, die in der Küche beschäftigt sind, die Tür auf; ein junges Ding. »Wen suchen Sie?« Stanislaw hat Achims Fotografie in den Händen. »Den da!« sagte er schnell und hält dem Mädchen das Foto vor die Augen. »Das ist Stas!« sagt das Mädchen ohne zu überlegen. »Stas?« fragt mein Beschützer lauernd, »so heiße ich«. »Aber das ist Stas«, sagt das Mädchen zum zweitenmal. Nachher haben wir ihn Mirski gerufen. Wegen Turski.« Das Mädchen nimmt ihre Schüssel mit Kartoffelschalen wieder auf und geht weiter.
»Mirski und Turski sind zwei«, murmelt Stanislaw. »Wie kann sie sagen Mirski u n d Turski, wenn ich nur gezeigt habe Bild von Mirski. Sie hat gesagt: wegen Turski. Dieser Turski kann nur Achims Bruder sein.«
Wieder geht die Tür. Die Schwester von gestern erscheint im Türrahmen: »Was wollen Sie? Heute ruf i c h die Miliz«. Da wird Stanislaw wild: »Rufen Sie. Na rufen Sie – wir wer-

den trotzdem wiederkommen,« und er schwenkt offen die Fotografie in der Hand. Ein kleiner Junge kommt von der Straße hereingesprungen, starrt die Fotografie an. »O Stas! Wo ist Stas! Kommt er zurück?« ruft er auf polnisch.
»Zurück? Er ist abgeholt worden?« fragt Stanislaw rasch. »Von wem weißt du das?«
»Die Vorsteherin hat ihn mitgenommen – Fräulein Jadwiga, die früher hier war.«
»Wo wohnt sie? Entsinnst du dich?«
»Wenn weiter nichts ist! Jadwiga Rekowska. Straße des Friedens Nummer 3.« Und der Junge zeigt zum Meer hinunter ...


Es ist gegen Mittag. Über der Bucht steht ein Wintertag, blau, durchsichtig. Ich gehe durch die Straße des Friedens – da ist das Haus –, eine Villa aus den Gründerjahren, ärmlich und verkommen jetzt, mit Ofenrohren aus den Fenstern ... – Ich trete durch die Tür ...
Ein Zettel: Jadwiga Rekowska, 2 Treppen ... Ich stürze hinauf, klopfe. Ich rufe: »Ist hier jemand?« Stille. Keine Antwort. Ich stoße die Tür auf ...
Es ist die Tür zur Küche, ein armseliger Raum, ein Kohlenherd darin, auf dem Essen kocht, in der Mitte ein Tisch, ein Tisch aus rohem Holz ...
Er sitzt an dem Tisch und knetet Kuchenteig. Mein Junge! Er blickt auf, die wachen, nachdenklichen Augen meines Kindes treffen mich – er starrt mich an, seine Hände schieben den Kuchenteig weg. Ich bin wie angewurzelt. Erkennt er mich, die Frau in dem Kopftuch, in dem alten elenden Mantel da in der Tür? Ich reiße mir das Tuch vom Haar, trete näher, zwei Schritte ... Achim!
Welcher Anruf trifft ihn? Aus welcher Zeit? In welcher Sprache? Ein Dreivierteljahr trennt mich von ihm, was weiß er

noch ... von mir? Was weiß er von den Geschwistern, seinem Vater, den Großeltern, was von Sobowitz? Was weiß er von dem letzten Augenblick, da ich an sein Bett trat, es war kurz nach eins, er war schon eingesunken in die weiße Mittagsstille, die über Hof und Gutshaus hing. Er schlug die Augen auf und sah mich an, sah mich an mit so unendlichem Vertrauen, daß ich ihn an mich reißen, ihn hinüberheben wollte auf die andere Seite zu Wolf und Christa, denen bestimmt war, mit mir zu fliehen. Doch ich fuhr los ... ohne dich, Achim ... und kehre jetzt wieder, und du lebst, sitzt vor mir – und das Erkennen, das Wunder des Verstandes steift deine kleine Stirn, fährt dir ins Antlitz, befiehlt deinen Händchen, den Teig abzustreifen, deinen Ärmchen, dich abzustützen vom Tisch, befiehlt deinem kleinen Kinderkörper, hinunterzugleiten vom Stuhl, deinen Beinchen, zu laufen – zu laufen, mein Kind und ein Dreivierteljahr zu durcheilen ... in zwei Arme, die sich ausbreiten, die sich schließen um dich, und zu rufen, was als einziges Wort deine Lippen zu sprechen nicht verlernt haben:

    ACHIM · *von fern* · Mutti!
        *näher* · Mutti!
        *nah* · Mutti!
ILSE   Mein Kind! Mein Junge!
*Sie überhört den Eintritt Annas*
ANNA   Kto pani? Pani Stasia matka?
ILSE   Sie sind Jadwiga Rekowska? · *Anna macht eine Gebärde des Verneinens* · – – – Sie sind es nicht?
ANNA   Ich bin nicht Jadwiga. Ich heiße Anna. Ich bin die Pflegetochter von Frau Rekowska. Und Sie – Sie sind Stas' Mutter – nicht wahr?
ILSE   Ja. Ich bin die Mutter von Achim. Dies ist mein Kind.
ANNA   Ich habe es gewußt. Immer habe ich gewußt,

Sie werden kommen · *Erschrocken* · Aber es war zu. Wer hat Sie hereingelassen?

ILSE   Die Tür war auf. Ich habe gerufen.

ANNA   Jadwiga hat nicht abgesperrt. S i e hat's vergessen, nicht i c h .

ILSE · *arglos* · Läuft er immer noch hinaus, wenn die Tür aufsteht? Was habe ich da schon für Angst gehabt.

ANNA · *abwesend* · Stas' Mutter kommt nicht, hat sie gesagt. Stas' Mutter ist tot. Warum hat sie dann abgesperrt? Zu Anfang hat sie's nicht getan. Da hat sie gesagt: Wenn sie kommt, soll sie jetzt kommen. Dann ist es vorbei.

ILSE   W a s  hat sie gesagt? Was ist vorbei?

ANNA   Ich habe es gewußt. Ich habe es immer gewußt · *sie horcht in den Flur hinaus, wo Schritte auf der Treppe hörbar werden. Zu Ilse* · Jadwiga! · *sie ruft hinaus* · Mamca, to ty?

ACHIM · *unruhig* · Mamca.

JADWIGA · *von draußen* · Co jest? Zwykle się nie pytasz. Cośze Stasiem?

»Was ist? Fragst doch sonst nicht? Ist etwas mit Stas«, höre ich sie fragen. »Ist ihm etwas passiert?« Und Anna sagt ... »Stasia matka przysła – Stas' Mutter ist da.«

Und da steht sie in der Tür, Jadwiga Rekowska, und sieht mich an, eine Frau Mitte Fünfzig, mit schmalem verhärmten Gesicht, in dem nur die Augen leben, Augen, die sich festkrallen an mir. Was hat sie bewogen, denke ich plötzlich, Achim zu sich zu nehmen? Weiß sie nicht, daß er ein deutsches Kind ist? Und weiß sie nicht, was ich jetzt auch weiß – o ja, was ich weiß: daß Deutsche es waren, die die Greuel von Warschau begingen, Deutsche dieses Land gebrandschatzt, Deutsche dieses

Volk erniedrigt haben, es in den Stand von Deklassierten, Menschen zweiter, dritter, vierter Ordnung setzten, seine Intelligenz niedermachten, die Universitäten schlossen und in Vernichtungslagern Polens Geist und Würde verbrannten? Ist sie augenlos, gehörlos, geruchlos durch die Zeit gegangen, die Mauerwände mit den Einschlägen nicht sehend, wo polnisches Blut verströmte, die Aufrufe des Gouverneurs nicht lesend, die Polens Vergangenheit löschten, den Brandgeruch nicht wahrnehmend, der Polens Ebene durchdrang? Denn alles das – denke ich – sie hätte es nicht sehen, nicht hören, nicht bemerken dürfen, um so zu handeln, wie sie gehandelt hat. Wer hat ihr eingegeben, über Haß und Verachtung hinweg mein Kind – zu lieben?
Jetzt tritt sie näher, »Stasia matka?« fragt sie.
Und sie, die mich spürt, durch alle Lumpenhüllen hindurch, hinter denen ich mich verberge; Jadwiga, deren Stube nicht mehr ihre Stube ist, da ich, ich in jedem Winkel dieses Raumes bin, unerbittliche gnadenlose Feindin jedem, der mir mein Kind nehmen will; Jadwiga streckt mir die Hand hin.

> JADWIGA  Pani Stasia matka? Prosimy.
> ANNA  Jadwiga spricht leider nicht deutsch. Sie sagt: Wenn Sie Stas' Mutter sind, sollen Sie ihr willkommen sein.

Die Rückfahrt zu Ellen ins Krankenhaus. Es geht mir nicht schnell genug – alle Vorsichtsmaßregeln lasse ich außer acht. Am Olivaer Tor, wo man mich festgenommen hat, fange ich an zu pfeifen, froh wie ein Schulkind nach der Versetzung, beginne zu laufen, gleite auf dem festgefrorenen Schnee aus, schlage hin. Ich höre die Leute lachen, springe auf, klopfe mir den Mantel ab, laufe weiter: Ellen – ihr habe ich es zu danken, ihr allein – sie soll es als erste wissen.

ELLEN  Ich freue mich, Ilse. Mehr als ich sagen kann. – Wo ist Achim jetzt?
ILSE  Bei ihr.
ELLEN  Warum gab sie ihn dir nicht mit?
ILSE  Wo soll ich hin mit ihm? Auf der Straße warten, bis du uns beide verstecken kannst? Wo soll ich hin mit ihm?
ELLEN  Daran hast du gedacht – aber sie? · *beschwörend* · Komm, komm Ilse. Komm, nimm dein Kind. Fahr mit mir.
ILSE  Mit dem Transport – nach Deutschland?
ELLEN  Ich schmuggle euch durch. Fahr mit.
ILSE  Und Jürgen? Ich habe . . . schon einmal meine Kinder zurückgelassen. Ich weiß nichts von ihm . . . noch nichts.
ELLEN  Jadwiga wird es dir auch nicht sagen können.
ILSE  Sie hat als Leiterin des Kinderheims b e i d e Kinder gehabt.
ELLEN  Ich glaube – das nicht · *sachlich* · Jedenfalls hat sie alle Verbindungen mit dem Heim abgebrochen. Das hat mir Stanislaw berichtet. Daß Jürgen später erst fortgekommen ist, steht auch fest. Nur wissen wir nicht, wohin. Das in Erfahrung zu bringen, braucht Zeit, Ilse – Zeit, die wir beide jetzt nicht haben . . . Aber Achim ist da. Nimm ihn an dich, ehe es zu spät ist.
ILSE  Wie kommst du darauf?
ELLEN  Warum hat die Rekowska ihre Wohnung immer verschlossen, wie ihre Pflegetochter dir verraten hat? Weil sie glaubte, Achims Mutter sei tot? Ilse, nein: weil sie genau das Gegenteil befürchtet hat: daß du kommst und ihn ihr wieder nimmst. Hol ihn. Hol ihn, so schnell du kannst.

Der nächste Morgen. Ich eile zum Vorortbahnhof, fahre nach Zoppot, stolpere mehr als ich gehe zur Straße des Friedens Nummer 3, laufe die Treppe hoch, poche ...

ANNA   Ach Sie sind's?
ILSE   Ist Fräulein Rekowska da?
ANNA   Ja.
ILSE   Und Achim?
ANNA   Achim?
ILSE   Ja, Achim?
ANNA   Warum sollte Stas nicht da sein. Er ist im Nebenzimmer. Er schläft · *Ilse schweigt*
ANNA   Wollen Sie nicht nähertreten? Wir haben eine Nachricht für Sie.
ILSE   Für mich?
ANNA   Sie müssen zur Opieka spoleczna – zur Wohlfahrtsbehörde. Stas untersteht staatlicher Aufsicht. Wenn Sie Stas zurückhaben wollen, muß es die Wohlfahrtsbehörde genehmigen.
ILSE   Daß Achim mir zurückgegeben wird? Aber Achim ist m e i n Kind! Man kann doch nicht verfügen über ihn wie – wie über eine Ware.
ANNA   Meine Pflegemutter versteht das auch nicht. Aber der Staat verlangt es.
ILSE   Gut. Ich werde zur Wohlfahrtsbehörde gehen.
ANNA   Wir denken, es ist reine Formsache.
ILSE   Verzeihen Sie, daß ich so aufgeregt bin.
ANNA   Beruhigen Sie sich nur. Was soll passieren, wenn nichts gegen Sie vorliegt?
ILSE   Gegen mich? Was soll vorliegen?
ANNA   Ich weiß nicht. Man hat Fräulein Rekowska gesagt: nur der bekommt eine Bescheinigung, gegen den nichts vorliegt ...

Ich blicke ins Zimmer hinein. Jadwiga sitzt an seinem Bettchen. Jetzt schaut sie auf. Sieht mich an. »Tylkorzecz formalna«, sagt sie. Und Anna übersetzt: »Jadwiga meint, es sei wirklich nur reine Formsache. Übrigens ist es nicht weit. Erste Querstraße hinter dem Rathaus...«

*Bei der Wohlfahrtsbehörde*
BEAMTER  Sie heißen?
ILSE  Ilse Bandomir.
BEAMTER  Papiere?
ILSE  Ich habe keine.
BEAMTER  Wie sind Sie über die Grenze gekommen?
ILSE · *harmlos* · Mit dem Zug.
BEAMTER  Ohne Paß, ohne Visum?
ILSE  Ja.
BEAMTER  Sie haben sich der Kontrolle entzogen.
ILSE  Aber –
BEAMTER  Nicht Sache der Wohlfahrtsbehörde. Ist Sache der Miliz.


*Im Milizgebäude*
MILIZCHEF  Name?
ILSE  Ilse Bandomir.
MILIZCHEF  Sie sind illegal eingewandert?
ILSE  Wenn man es so nennt – vermutlich.
MILIZCHEF  Das wäre ein harmloser Fall, schnell abzuurteilen. Aber da ist... Erinnern Sie sich...
ILSE · *für sich* · Woran? Woran soll ich mich erinnern? An Geburt, Schulzeit, Ehe? An Papas Auseinandersetzung mit unserem polnischen Gärtner, als ich, zwölf Jahre alt, an einem klirrenden Februartag beim Schlittschuhlaufen eingebrochen war... und Papa allen

Dorfkindern das Betreten der Teiche verbot...? Daß ich Englisch, Französisch, Latein lernte und nicht die Sprache des Landes, dessen formelle Bürgerin ich war?
MILIZCHEF Erinnern Sie sich an das Hitler-Jugend-Lager 1936? Hier sind die Unterlagen. Es hat auf Ihrem Vorwerk stattgefunden.
ILSE Hitler-Jugend-Lager? Nein. Ich erinnere mich an ein paar deutsche Jungens aus Lodz. Die Eltern waren Weber und arbeitslos. Wir fütterten die Jungens in den großen Ferien durch. Ich habe für sie gekocht.
MILIZCHEF Genügt. Danke...

Ich bringe die Nacht im Gefängnis zu. Den ganzen folgenden Tag. Am Abend werde ich zur Staatspolizei überführt. Ich warte auf einem dunklen Flur, fünf Menschen neben mir. Es schlägt acht: wir sind noch vier. Es schlägt neun: noch zwei sind da. Jetzt ist es zehn. Der letzte neben mir ist verschwunden, verhört, abgeurteilt, entschieden sein Fall. Ich warte. Zwölf. Der dritte Tag ist zu Ende, Ellen auf dem Transport nach Deutschland. Ich habe es nicht geschafft, zu spät. Endlich geht die Tür. Ein Mann kommt den Gang herunter. Vermutlich der Kommissar.

MANN · *bleibt stehen* · Was tun Sie hier noch?
ILSE Ich warte.
MANN Worauf warten Sie?
ILSE Ich weiß nicht.
MANN Sie können gehen.
ILSE Man wird mich wieder verhaften. Es ist Sperrstunde.
MANN Gehen Sie. Hier können Sie nicht bleiben. Gehen Sie schnell.
ILSE · *erhebt sich und geht*

*Jadwigas Wohnung*

ANNA   Gott sei Dank, da sind Sie ja. Wir haben uns Sorgen gemacht.

ILSE   Wo ist Achim?

ANNA   Die Miliz ist gerecht. Wir hören es immer wieder.

ILSE   Wo ist Achim?

ANNA   Jadwiga, meiner Pflegemutter, geht es nicht gut. – Wenn Sie Hunger haben, hier ist Brot.

ILSE   Wo ist Achim?

ANNA   Setzen Sie sich doch. – Wir haben uns wirklich Sorge gemacht. Bei der Miliz, das ist harmlos. Aber bei der Staatspolizei –

ILSE · *mit letzter Kraft* · Wo ist Achim?

ANNA · *gelassen* · Deswegen geht's meiner Pflegemutter nicht gut. Sie hat sich sehr an Stas gewöhnt, wie Sie vielleicht bemerkt haben.

ILSE · *verzweifelt* · Wo ist er? Man hat ihn fortgenommen? Wohin?

ANNA   Beruhigen Sie sich. Die Wohlfahrtsbehörde hat verfügt, daß Stas für die Zeit, bis er Ihnen zugesprochen wird, ins Kinderheim muß.

ILSE   Ins Dom dziecka?

ANNA   Ja – er hat es gut dort. Die andern Kinder, das bekommt ihm · *vertraulich* · Ich fand immer, daß es hier zu einsam für ihn war – nur mit uns Frauen. Aber meine Pflegemutter – sie hat so Angst vor Krankheiten. Eigentlich hat sie deshalb gekündigt und Stas herausgenommen. Jetzt fürchtet sie von neuem, daß er sich ansteckt.

ILSE   Aber im Dom dziecka – ist doch alles gesund?

ANNA · *beiläufig* · Na ja, auch mehr ein Tick von Jadwiga, das mit den Krankheiten.

ILSE  Wann kann ich ihn besuchen?
ANNA  Wann Sie wollen. Das heißt: Sie werden viel zu tun kriegen. Bevor Ihr Fall verhandelt werden kann – so hat man uns heute gesagt – müssen Sie 8000 Złoty an den Staat zahlen. Und dann – dann müssen Sie die Geburtsurkunde beibringen.
ILSE  Die Geburtsurkunde?
ANNA  Und was ebenso wichtig ist, zwei Zeugen... zwei Zeugen, die im Waisenhaus zu erscheinen haben. Die müssen Ihr Kind herausfinden, ohne Beeinflussung von Ihrer Seite.
ILSE  Ohne Beeinflussung – von meiner Seite – – –?
ANNA  – und von seiten meiner Pflegemutter natürlich. So hat die Wohlfahrtsbehörde verfügt.
ILSE · *murmelt* · 8000 Złoty... Geburtsurkunde..., Zeugen...
ANNA  Jadwiga hat gesagt, Sie können herkommen, wann Sie wollen. Wenn Sie nicht wissen, wo Sie zur Nacht bleiben sollen – hier ist immer ein Platz für Sie.
ILSE  Danke, Anna.
ANNA  Wo wollen Sie hin?
ILSE  Nach Danzig – wenn es nicht zu spät ist...


*Keller im Krankenhaus*
ILSE  Wann ist sie gefahren?
PFLEGER  Doktorin hat zu mir gesagt: Stanislaw, du bleibst sitzen im Zimmer, bis Ilse kommt. Da bin ich geblieben. – Doktorin hat zu mir gesagt: Stanislaw, trage von Ilse alle Sachen in den Heizkeller zum Übernachten. Also habe ich getragen. – Hören Sie, Sie können kommen und gehn, wie Sie wolln. Heizer weiß Bescheid. Wenn Sie einen Wunsch haben, schla-

gen Sie gegen das Rohr hier. So – bumm – bumm-
bummbummbumm – bumm. Stanislaw oben – wird
hören. Bitte nachmachen, hier mit Hammer · *nimmt
den Hammer und schlägt gegen das Rohr* · Ganz
einfach. Gut. Doktorin hat noch gesagt, Stanislaw,
wenn du alles so gemacht hast, gib Ilse das.

ILSE    Einen Brief? · *sie bricht das Kuvert auf und liest*
»Liebste Ilse, ich tat dem Fräulein R. Unrecht. Die
Forderungen, die die Wohlfahrtsbehörde stellt, sind
üblich. Ich schickte Stanislaw gestern dorthin, erfuhr
so von Deiner Verhaftung. Weiß der Himmel, wer
Dich denunziert hat. Doch bin ich unbesorgt – Freunde
von mir werden Deine Freilassung erreichen. Fahre
dann sofort auf Euer Gut, so schwer Dir das auch fällt
– und besorge die Zeugen. Fahr am Abend los. Bis
Brentau kommst Du ohne Schwierigkeiten. Dann zu
Fuß weiter. Geh nicht in die Stadt, es ist zu gefähr-
lich. Aber in Sobowitz ist keine Gefahr, man spricht
dort überall gut von Dir, und man wird Dich ver-
bergen; klopfe am Kutscherhaus auf dem Vorwerk. –
Und dann die 8000 Złoty. Ich brauche kein Geld.
Anbei alles, was ich hatte, nahezu die erforderliche
Summe. Stanislaw hat ausgekundschaftet, daß die Behörden nach dem Gesetz gezwungen sind, Dir Achim
zu überlassen – natürlich nur, wenn die gestellten Bedingungen erfüllt werden. Also: erfülle sie. Alles
hängt davon ab. Immer Deine Ellen ...«

ILSE · *abwesend* · Alles – hängt davon ab – – –
Besorge die Zeugen ... Fahr am Abend los ...
Bis Brentau kommst du ohne Schwierigkeiten. Geh
dann zu Fuß weiter – nach Sobowitz ...

Und ich ging nach Sobowitz. Meine Schritte hallten wider in der Nacht, meine Füße sanken ein in den Schnee, der auf den Äckern lag. Denn querfeldein ging ich. Am Bach vorbei, wo wir als Kinder Schollen abstachen im Frühjahr, am Tümpel entlang, der voller Froschlaich war; über die Müllerinsel, wohin sich manchmal ein Kormoran verirrte. Ich ging nach Sobowitz. Den Grenzgraben übersprang ich, bog ins Zamorauer Wäldchen ein, dann lief ich den Eschenweg hoch, bis die Allee kam, unsere Allee, die Großvater gepflanzt hatte...

*Ilse auf dem Weg nach Sobowitz*
ILSE Ich habe Angst.
ELLENS STIMME Geh weiter!
ILSE Ich habe keine Kraft mehr.
ELLENS STIMME Dann erinnere dich.
ILSE Woran?
ELLENS STIMME Erinnere dich.
ILSE Ja, Ellen · *stockend* · Ich habe – nie – Feinde gehabt – – – man war – immer gut zu mir – – – · *Von Schritt zu Schritt sicherer* · Die Knechte, die Mägde, der Aufseher, der Verwalter – zwar wußte ich, daß sie nicht nur singen und fröhlich sein konnten, ich wußte, sie fluchten, ihre Augen konnten vor Bosheit funkeln, und wenn Janek getrunken hatte, schlug er die Pferde. Aber sobald mich die Leute auf dem Hof erblickten, lachten sie, die Peitsche, schon erhoben, um auf einen Pferderücken niederzusausen, knallte in die Luft, ihre Gesichter glänzten und ihre Bewegungen drückten Zufriedenheit aus.
Das Böse – was war das? Jedenfalls war es alt und

vergangen und hatte mit meiner Zeit nichts zu tun.
Meine Zeit war freundlich, alles war geordnet, jeder
und jedes hatte seinen festen Platz darin.
Ich war glücklich, und ich glaubte, sie alle wären
glücklich, mit denen ich lebte ...
ELLENS STIMME  Mit denen du lebtest – auf Sobowitz.


Sobowitz. Ich war am Ziel. Jetzt sah ich das Gutshaus.
Das Gutshaus – über den Hof ging ich, an den Ställen entlang.
Die Gärtnerei durchstreifte ich und die Scheunen dahinter.
Alles war da wie einst und doch nicht wie einst – leere Mauern,
in denen der Wind wohnte und der Mond und die Ratten. Tot.
Alles tot.
Ich ging weiter. Zum Friedhof kam ich, zum Tor mit den
Findlingen. Ich ging durch das Tor und suchte die Gräber:
die Gräber der Großeltern Christoph und Anna Valeska, die
Gräber der Urgroßeltern, die lange Reihe ihrer Söhne und
Töchter, die auf Sobowitz gelebt hatten. – Und ich suchte
mehr. Ich wollte wissen, ob das Böse hier Halt gemacht hatte,
wenigstens hier.
Ich sah: es hatte nicht Halt gemacht. Die Hügel waren einge-
ebnet, die Grabmäler gestürzt.
Unermüdlich hatte das Böse gearbeitet, Haß zu erzeugen, blin-
den Haß. Haß hatte diese Gräber zerstört, Haß noch die Toten
verfolgt.
Ich setzte mich auf einen umgestürzten Stein.
Ich dachte an das Böse.
Es war nicht alt. Es war nicht vergangen. Es war immer da-
gewesen. In der Erde, auf der Erde, über der Erde.
Ich hatte es nicht bemerkt.

ILSE  Ich will das Böse hassen, aber nicht den, der
das Böse tut. Hassen nicht meinen schlimmsten
Feind. Nie, keine Sekunde, gegen ihn in Haß ver-
senken mein Herz – – – Nie. Denn Haß gebiert Haß.
Und wieder das Böse.

Ich erhob mich und ging weiter.
Am Südflügel unter dem Spalier hatte noch im späten Herbst
der Kinderwagen mit Jürgen gestanden. Unbeteiligt sah ich
hin... ging weiter, umschritt den Platz, wo ich mich mit Eckehard zum erstenmal heimlich getroffen hatte, irgendein Platz,
dachte ich..., sah das Haus, das Portal, die Freitreppe, auf
der sie gestanden hatten, wenn ich ankam, wenn ich fortfuhr,
Papa, Mama, die Bedientesten dahinter, Neffen und Nichten,
die im Sommer stets da waren – ich sah irgendein Haus, irgend-
eine Treppe, irgendein Portal...
Ich ging zum Vorwerk. Kein Geräusch, das mich ängstigte,
kein Schatten, der mich unruhig machte. Und plötzlich merkte
ich, was geschehen war: ich hatte keine Furcht mehr. Ohne
Furcht näherte ich mich den Häusern, alles war dunkel, kein
Lichtschimmer hinter einem Fenster. Warum soll ich klopfen,
dachte ich, es wird sie ängstigen, jetzt in der Nacht, ich will
niemandem Angst machen, ich warte den Morgen ab. Ich hörte
Kettenklirrn, im Stall – im Stall mußte Vieh stehn, wo Vieh
ist, wird es warm sein. Ich schob den Riegel beiseite, ging hinein, trug etwas Stroh zusammen – sie mußten wenig Stroh
haben, es lag kaum zentimeterdick –, legte mich darauf, zog
die Zeltbahn über mich, irgendwie würde es gehen, schon schlief
ich. Schon wurde ich geweckt, Milchkannen rasselten, jemand
wäre fast über mich gestolpert. »Bleib hier«, sagte ich. »Vielleicht kennst du mich...?« »Jesus Maria Josef. Gnädige Frau!
Sie – – –!« »Ja, Tschecha. Nun sage dem Kropidlowski, daß
ich da bin.«

PROTOKOLL VOR DEM STADTRECHTSANWALT IN ZOPPOT

Ich, Josef Anatol Wladimir Kropidlowski, geboren 8. 6. 1879 in Pretoschin Woiwodschaft Lehno, Arbeiter auf dem Staatlichen Versuchsgut Mirau, Sobowitz und Saleschke, gebe hiermit zu Protokoll, daß ich der Aufforderung gefolgt bin, welche ausgegangen ist von Frau Bandomir, früher wohnhaft dortselbst, mich durch eigenen Augenschein zu überzeugen, ob sich unter den Kindern im Dom dziecka, Zoppot, Ulica Czerwonej Armii, ein Kind befindet, welches ich als dasjenige der Frau Bandomir erkenne. Ich bin aus freiem Willen nach Zoppot gefahren und ohne Wissen, welches Kind der gesuchte Joachim Bandomir ist. Derselbe muß meiner Rechnung nach 3½ Jahre alt sein. Es waren mehrere Kinder dieses Alters im Heim. Trotzdem habe ich besagten Achim sofort erkannt, weil er wie aus dem Gesicht geschnitten seinem Vater ist, Herrn Eckehard Bandomir, früher Sobowitz.
Dies versichert an Eidesstatt vor dem Stadtrechtsanwalt von Zoppot durch eigene Unterschrift Josef Kropidlowski, gegeben zu Zoppot am 12. Dezember 1945.

Ich, Tscheslawa Rschepetzka, geboren 5. 8. 1924 in Bydgozz, Tochter des dortselbst von SS ermordeten Antek Rschepetzki, gebe zu Protokoll, daß ich Joachim Bandomir unter 51 Kindern des Kinderheims Dom dziecka in Zoppot erkannt habe, ohne fremde Hilfe und fremde Beschreibung, auch nicht von Frau Bandomir, welches die rechtmäßige Mutter von Joachim ist. Ich möchte hinzufügen, daß ich als Kindermädchen der Frau Bandomir bei Annäherung der Roten Armee sowohl Joachim wie Jürgen, der im Säuglingsalter war, als meine eigenen Kinder ausgewiesen habe, weshalb ihnen nichts geschehen ist, außer daß Joachim eine Wunde am rechten Arm davontrug, als ein Russe ihn mir entreißen wollte. Ich habe die Oberin des Kinderheims auf diesen besonderen Umstand aufmerksam gemacht und hat sie die Narbe wie von mir beschrieben bei Joachim festgestellt (Narbe ca. 3 cm unterhalb Beuge des rechten Arms). An Eidesstatt vor dem Stadtrechtsanwalt von Zoppot versichert von Tscheslawa Rschepetzka am 12. Dezember 1945.

*Im Kinderheim in der Ulica Czerwonej Armii*
ILSE · *zählt ab*
Übchen, Bübchen, Rübchenzahl –
Übchen, Bübchen boll –
zibber de bibber de boneka –
zibber de bibber de knoll.
ACHIM   Noch einmal, Mutti. Noch einmal
*klatscht vor Freude in die Hände*
ILSE   Noch einmal? · *zählt ab*
Übchen, Bübchen, Rübchenzahl –
Übchen, Bübchen boll –
zibber de bibber de boneka –
zibber de bibber de knoll.
ACHIM   Noch einmal, Mutti.
ILSE   Nein, ich weiß Besseres. Es ist ja bald Weihnachten. Deshalb hat dir die Tante Jadwiga – hat dir die Mamca auch so schöne Pfefferkuchen geschickt. Ich habe keine Pfefferkuchen. Aber ich weiß ein Lied, das Lied vom kaschubischen Christkind. Hör zu, mein Kleiner –
*sie summt*
Wärst du, Kindchen, im Kaschubenlande,
wärst du, Kindchen, doch bei uns geboren.
Sieh, du hättest nicht auf Heu gelegen,
wärst auf Daunen weich gebettet worden.
Nimmer wärst du in den Stall gekommen,
dicht am Ofen stünde warm dein Bettchen –

*Die Tür geht*
SCHWESTER  Frau Bandomir –
ILSE  Schwester –
SCHWESTER  Die Zeit ist um.
ILSE  Aber Sie haben gesagt, ich darf Achim besuchen, so oft und so lang ich kann.
SCHWESTER  Die Staatliche Waisenhausverwaltung wünscht, daß Ihre Besuche aufhören.
ILSE  Was hat das zu bedeuten? Daß man mir Achim von neuem streitig macht? Ich habe das Geld eingezahlt – die Zeugenaussagen liegen vor – – –
SCHWESTER  Aber nicht die Geburtsurkunde.
ILSE  Sie ist vom Stadtrechtsanwalt schriftlich in Brentau angefordert.
SCHWESTER  In Brontislawa –
ILSE  Achim war dort standesamtlich gemeldet. Ich wäre gern selbst hingefahren ... das Grab meiner Mutter in Brentau auf dem Friedhof besuchen ... Aber man hat mich gewarnt. Ich – – – könnte verhaftet werden.
SCHWESTER  Sie sollten das nicht so laut sagen. Jedenfalls fehlt die Geburtsurkunde. Ohne Geburtsurkunde werden Sie Ihr Kind nicht bekommen. Sie müssen jetzt gehen.


*Keller im Krankenhaus*
ILSE · *schlägt gegen das Heizungsrohr, lauscht auf das Echo* · Stanislaw!
*Pfleger tritt ein*
PFLEGER  Ja – was kann ich tun?
ILSE  Hören Sie, Stanislaw. Ellen hat eine Patientin gehabt, die – mich kennt.

PFLEGER   Auf Station III? Wie heißt sie?
ILSE   Ellen hat sie immer nur die »Frau von Mirau« genannt. Diese Frau muß ich sprechen.
PFLEGER · *schnell* · Das geht nicht.
ILSE   Diese Frau hat mir über Ellen die ersten Nachrichten von Sobowitz gebracht. Zweimal ist sie hinausgefahren. Ich muß sie bitten, ein drittesmal zu fahren. Nach Brentau zum Standesamt. Ich brauche die Geburtsurkunde. Sonst gibt man mir das Kind nicht.
PFLEGER   Ja aber – die Frau von Mirau – – – ich weiß nicht.
ILSE   Was wissen Sie nicht?
PFLEGER   Ich weiß nicht, ob ich Ihnen das sagen darf.
ILSE   Was dürfen Sie mir nicht sagen?
PFLEGER   Die »Frau von Mirau« ist lange fort. Die »Frau von Mirau« war dann – die Doktorin selbst.
ILSE   Ellen?
PFLEGER   Sie hat weiter die »Frau von Mirau« gesagt, damit Sie nicht Angst haben, weil sie selbst gefahren ist. Nicht zweimal, einmal. Sie hat aber weiter die »Frau von Mirau« gesagt, weil sie gedacht hat, Sie könnten ihr vielleicht nicht glauben.
ILSE   Was glauben?
PFLEGER   Daß alles so ist, wie die »Frau von Mirau« angegeben hat. Die Doktorin weiß, wie der Mensch denkt. Die Doktorin wollte Ihnen Mut machen.
ILSE   Das hat sie für mich getan?
PFLEGER   Ja, das hat sie getan, Frau. Sie sollten es nicht wissen. Nicht gut, daß ich's verraten habe · *Pause* · Aber jetzt – bin i c h die »Frau von Mirau«.
ILSE   Sie? Stanislaw?
PFLEGER   Ich fahre und bringe die Urkunde.

*Im Kinderheim in der Ulica Czerwonej Armii*

ILSE  Anna – Sie hier im Dom dziecka? So ein Zufall.

ANNA  Ich habe Stas noch ein paar Sachen gebracht. Warmes Unterzeug, ein Wollmützchen.

ILSE  Das ist aber nett. Danke. Er wird es gut gebrauchen können. Die Reise ist lang.

ANNA · *überrascht* · Ach – Sie fahren ab, mit Achim?

ILSE  Ich habe die Geburtsurkunde. Man hat mir geholfen. Die Wohlfahrtsbehörde hat eben verfügt, daß ich Achim abholen darf.

ANNA  Ich sagte Ihnen ja, es wird kaum Schwierigkeiten machen.

ILSE  Leider geht mein Zug erst in zwei Tagen.

SCHWESTER · *tritt dazu* · Frau Bandomir –

ILSE  Schwester –

SCHWESTER  Es ist nicht möglich. Die Anweisung der Opieka spoleczna lautet, Ihnen das Kind sofort zu übergeben.

ILSE  Aber wo soll ich es denn lassen? Ich will gern die Unkosten erstatten. Nur zwei Tage, Schwester, dann geht mein Transport.

ANNA  Zwei Tage? Aber das ist doch ganz einfach. Sie kommen mit Achim zu uns. Jadwiga hat es Ihnen doch angeboten, erinnern Sie sich nicht?

ILSE  Das hat sie, ja. Ich fürchte nur –

ANNA  Was fürchten Sie?

ILSE  Jadwiga hat Achim hier nie mehr besucht. Warum? Sehen Sie, ich verstehe Jadwiga. Da sie an Achim hängt, sich aber mit der Trennung abfinden muß – – – es wäre nur schmerzlich für sie gewesen ...

ANNA  Nein, nein, Jadwiga war krank. Sie wird sich sehr freuen, wenn sie Achim diesen Dienst erweisen kann. Und Ihnen. Seien Sie doch unbesorgt. Nehmen

Sie Achim und kommen Sie zu uns. Wo soll er denn
bleiben, der Kleine? Jadwiga würde sich zu Tode
ängstigen, wenn sie davon wüßte. Und es macht keine
Umstände. Sein Bettchen ist sogar noch bezogen ...

*Das Meer rollt gegen den Strand, gleichmäßig, monoton*
Die Nacht ist zu Ende. Eine lange Nacht. Der Morgen – welch
ein Morgen! Der letzte Morgen in Jadwigas Haus. Ich höre
den Atem meines Kindes.
Achim!
Ich habe gewonnen. Wie sagte Mama? Man darf keine Furcht
haben – vor dem Verlieren nicht und nicht – vor dem Glück.
Ich habe Achim.
Und Jürgen? Ich nehme die Spur auf, wer soll mich hindern?
Jürgen ist im Kinderheim gewesen, so sicher wie Achim dort
war. Sie haben ihn hier noch einmal getauft, hier in Zoppot,
bevor seine neuen Eltern ihn fortnahmen. Hier in der Kirche,
erzählen die Mädchen. Ich werde zum Pfarrer gehen. Ich werde
im Kirchenbuch nachschlagen. Es wird mein erster Gang sein
an diesem Morgen – heute ...
*sachlich* · Ich habe noch 500 Złoty, einen Füllhalter und meinen goldenen Ring. Für das Geld will ich der Kirche eine
Kerze stiften. Den Füllhalter soll der Pfarrer bekommen, er
wird viel schreiben müssen wegen Jürgen. Und mit dem Ring
werde ich den Transport bezahlen.
Was bleibt für Jadwiga?
Ich habe nichts für sie. Was ich ihr nehme – kein Dank wiegt
es auf.
Das weiß ich seit heute nacht, als sie an Achims Bett schlich,
sich über ihn beugte und ihn küßte.

*Jadwigas Wohnung*

ANNA  Frau Bandomir –

ILSE  Ja – Anna – Sie sind schon angezogen?

ANNA  Ich muß zeitig fort heute. – Jadwiga fühlt sich nicht wohl.

ILSE  Sie soll nur im Bett bleiben.

ANNA  Es ist wegen der Milch.

ILSE  I c h werde die Milch holen.

ANNA  Man darf den Wagen nicht verpassen. Er hält nicht lange. Drüben an der Ecke. – Kurz vor halb acht. – Hier ist die Kanne. Und das Geld. Ich bin am Vormittag wieder zurück. Sie werden doch noch da sein?

ILSE  Ich glaube schon, Anna.

ANNA  Daß Sie nur an die Milch denken.

ILSE  Aber ja, Anna.

ANNA  Dzień dobry.

ILSE  Dzień dobry · *Tür klappt*

ACHIM · *nebenan aus dem Schlaf aufschreckend*
Mamca, Mamca.

ILSE  Was ist, mein Kleiner · *Sie tritt ans Bett*

ACHIM · *sie erkennend* · Mutti!

ILSE  Hast du geträumt, mein Goldschatz? Was träumst du nur? Mamca ist da und ich bin da.

ACHIM · *beruhigt* · Mutti · *Schläft weiter*

ILSE  Schlaf weiter, mein Kind. Schlaf weiter. Wir haben einen weiten Weg.

*Dies sind die letzten Worte, die Ilse Bandomir zu ihrem Sohn spricht. Zehn Jahre muß sie sich gedulden, bis sie wieder zu ihm sprechen darf. Er wird sie anstarren, die wenigen deutschen Worte, die er von ihren Lippen neu wieder gelernt hat, wird er bis dahin vergessen haben.*

*Der Milchwagen ist vorgefahren. Ilse greift nach dem Krug, zählt das Geld nach, das Anna ihr hingelegt hat, eineinhalb Liter, denkt sie, kann ich dafür kriegen – und geht hinunter.*

*Ein freundlicher Morgen. Durch eine Häuserlücke schimmert die Bucht, die See liegt jetzt spiegelglatt im Tag, ein Hauch von Eis scheint über ihr zu schweben. Das alles ist geblieben, denkt Ilse, es ist nicht auszulöschen, die Konturen der Küste nicht, der Saum der Wälder, Helas dunkelgrüner Schatten. Sie ist so vertieft in ihre Gedanken, daß sie weder das Eingießen der Milch noch das Öffnen ihrer Hand bemerkt hat, die dem Milchmann das Geld hinschüttet. »Dobrze tak« sagt der. »Danke«, erwidert sie, überquert die Straße, diese etwas öde, von der Wintereinsamkeit des Strandes gezeichnete Straße, und wendet sich der Haustür zu.*
*Ein Mann tritt ihr in den Weg. »Sie sind Frau Bandomir?« »Ja«, sagt Ilse, und hört die Worte, die langsam in ihr Bewußtsein dringen: »Kommen Sie mit. Sie sind verhaftet.«*

**DRITTER TEIL**

# MEIN TANZENDES KIND

*Ein Keller, irgendwo in Europa –: weiträumig angelegt, Betonkammern, durch Türen und Gänge untereinander verbunden. Als man sie in die Erde einließ, dachte man ausschließlich an die Bedürfnisse des Hauses, das sich darüber erhob. Vorn die Kohlen, mit schräger Einschütte für den Fuhrmann. Eine zweite Einschütte für Winterkartoffeln. Kammern für Obst, Eingemachtes, Wein. Im hintersten Raum eine Art Waschküche, ein weiterer Raum zum Wäschetrocknen. Rechts Fahrräder, Kinderwagen, zerbrochene Bettgestelle, ausgedientes Spielzeug, zu schade, um weggeworfen zu werden. Holz, alte Zeitungen, gestapelt das Wissen der Welt, jeden Ersten holt es der Metzger ab, bringt es als Einwickelpapier, um schlachtwarmes Fleisch geschlagen, wieder unter die Leute.*

*Ein Keller, irgendwo in Europa –: Grund und Fundament des Bürgerhauses darüber, das durch die Zeiten Bewunderung und Abscheu erregt hat mit seinen nachgeahmten Sandsteinquadern, seinen Gipspilastern, seinen sinnlosen Fensterbekrönungen, mit allem, was über der Straße zu sehen war – kein Blick, kein Gedanke galt je seinem unsichtbaren Teil, seiner Fortsetzung in die Erde hinein, dem Tummelplatz der Mäuse, dem Gehege schwarzer Asseln, den Spinnen in den Ecken, die auf Beute lauern, der Krötenfamilie, die die Dienstmädchen erschreckt, sooft sie hinabsteigen in die Vorratsverließe gemäßigter Wohlhabenheit, um ein Glas Mirabellen zu holen oder den Ofen zu schüren, der Küche und Bad mit Warmwasser versorgt.*

*Die Stiefelschritte eines Mannes über Gänge und Flure*
ILSE  Wo führen Sie mich hin?
*Der Mann antwortet nicht. Seine Schritte sind seine Antwort*
ILSE  Wohin, möchte ich wissen? Man hat mich ohne Grund auf der Straße verhaftet – – – Der Beamte hat die Pistole gezogen, gerade als ich vom Milchholen zurück ins Haus wollte. Er hat mich gezwungen, so wie ich war, mit ihm zu gehen. Bis jetzt wartet mein Kind auf die Milch. Im Polenkrieg, hat er gesagt, sei er auf unserm Gut gewesen, als Gefangener. Mein Mann hätte ihn geschlagen. Daran ist kein Wort wahr. Mein Mann hat nie jemand geschlagen. Die ersten Gefangenen hatten wir erst zweiundvierzig, und das waren Russen. Ich verlange, daß man mich verhört. – – –
*Der Mann antwortet nicht, geht ungerührt weiter*
ILSE  Seit vier Tagen zerrt man mich von Ort zu Ort. In Zoppot auf der Miliz haben sie nur gelacht, als sie mich sahen. Da bin ich schon gewesen, bei meiner ersten Verhaftung, sie wußten nicht, was sie mit mir anfangen sollten und haben mich laufen lassen. Was tut nun der Beamte mit der Pistole? Er hält ein Auto an und fährt nach Langfuhr mit mir, wo man mich nicht kennt. Tagsüber stecken sie mich in die Küche, nachts in den Keller. Kein Mensch weiß, was er mit mir anfangen soll, weil kein Mensch weiß, was ich verbrochen habe.

Und gestern nach Neugarten. Wenigstens hat man hier gefragt wie ich heiße. Aber ein Verhör war das auch nicht. – Herr Kommandant – ich möchte wissen, wohin Sie mich bringen?
*Die Schritte führen jetzt über Stufen hinab ·* Wieder

in einen Keller? Ich verlange ein Verhör. Was habe ich getan, Herr Kommandant?
*Die Schritte halten an. Ein Gitter wird geöffnet. Es fällt hinter Ilse ins Schloß*
ILSE  Herr Kommandant · *Sie rüttelt am Gitter*
Herr Kommandant!


*Nichts weiter als ein Keller. Er befindet sich in Neugarten, auf dem Territorium der ehemals Freien Stadt Danzig. Aber das ist fast gleichgültig, denn er könnte sich ebensogut in Berlin, in Leipzig, in Algier, in Moskau, oder in Kiew, in Budapest, in Paris befinden. – Hier sind es Polen und Deutsche, die man zusammengesperrt hat. Kein Zufall, System. Man erspart sich Verhöre, Prozesse, Aburteilungen, Exekutionen. Die Insassen werden sich gegenseitig umbringen, nimmt man an und nimmt nichts Falsches an. Jeder ist hier gegen jeden, wo ein Kanten Brot, zehn Zigarettenzüge oder ein Schlafplatz das Leben entscheiden.*
*Eine eigene Gerichtsbarkeit ist im Gange, als im Dezember 1945 die Gittertür dieses Kellers sich hinter Ilse Bandomir schließt und die Stiefelschritte des Mannes, der sie hierhergebracht hat, sich wieder nach oben entfernen.*


ILSE  Herr Kommandant! · *Sie rüttelt am Gitter*
KALFAKTOR  Nix Herr Kommandant. Treten Sie näher.

ILSE  Rühren Sie mich nicht an.

KALFAKTOR  Daran werden Sie sich hier gewöhnen. Es ist alles Gewöhnung · *kichert* · alles im Leben · *ruft nach hinten* · Eine Deutsche, zweifellos eine Deutsche · *zu Ilse* · Waren Sie in der NSV? Ich vermute. Alle Frauen, die deutschen, die hier sind, waren in der NSV. Ist das Harmloseste gewesen, wie? Aber noch auf das Harmloseste, meine Teure, stehen hier Stockschläge.

ILSE  Lassen Sie mich los!

KALFAKTOR  Wenn Sie sich wehren, gibt's doppelt und dreifach, verstanden? Wenn Sie lügen, auch.

ILSE  Lassen Sie mich los.

KALFAKTOR  Also waren Sie in der NSV?

ILSE  Nein.

KALFAKTOR  Na schön. Wie Sie wollen. Ins Kabuff mit ihr.

ILSE  Herr Kommandant! Herr Kommandant!

KALFAKTOR  Schrei nur. Schrei noch ein bißchen. Hier hört dich keiner.


*Die Luft ist wie zum Schneiden. Alle Öffnungen zur Straße hin sind vermauert. Kein Sonnenstrahl, nur künstliches Licht. Wenigstens ist es nicht kalt, die Heizrohre gehen hier hindurch, man kann sie nicht abstellen. Alle Türen sind ausgehoben, liegen herum, die Gefangenen schlafen darauf. Wer keinen Platz gefunden hat, wandert umher.*
*Das Kabuff ist der Kleinste von den sechs Kellerräumen. Eine Anzahl Frauen sitzen und hocken, Rücken an Rücken, auf einer der ausgehobenen Türen wie auf einem Floß. Eine blickt auf und zieht die Neue neben sich.*

*Die Frauen reden auf sie ein*
DIE FRAUEN   Kriech unter die Decke. Der Hüftlahmige wird gleich kommen –
Hinter jeder Neuen ist er her –
Er wird dich nicht auslassen –
Wenn er kommt und dich holen will, schrei –
Schrei so laut du kannst –
Er weiß, daß die's oben hören können –
Davor hat er Angst –
Auf Vergewaltigung steht Zuchthaus –
Trotzdem versucht er's. Bei jeder Neuen versucht er's –
Auch die Wärter versuchen es, paß auf –
Aber wenn sie dich treten, im Vorbeigehn – sag nichts –
Sagst du was, treten sie nochmal –
Wenn du nichts sagst, kommst du durch –
Aber wenn der Hüftlahmige kommt, schrei – schrei so laut du kannst –
ILSE   Wie lange – seid ihr hier?
DIE FRAUEN   Acht Tage –
Drei Wochen –
Zwei Monate –
Man vergißt die Zeit –
*Tumult an der Tür*
Darauf gib nichts. Das ist jeden Tag so –
Und jede Nacht –
Zuerst prügeln sie alle Deutschen durch, die Männer –
Dann fangen sie untereinander an –
Sie schlagen sich morgens –
Das ist das erste –
Mittags, abends –

Sie schlagen sich immer –
*Der Posten flucht im Schlaf*
Der tut dir nichts –
Auf dem Sofa da liegt immer einer –
Es ist für die Posten –
Was so stinkt, ist immer das Sofa –
Sie schlafen dort ihren Rausch aus –
Wenn sie voll sind, sperrt der Kommandant sie zu uns –
Sie tun dir nichts. Sie kotzen nur –
Und du mußt es wegwischen –
Da ist er –
Der Hüftlahmige –
Josef –
Kriech hinter uns –
ILSE   Josef?
JOSEF · *Mit sehr heller Stimme, kastratenhaft* · Wo ist die Neue? Ihr habt die Neue versteckt. Dreckpack verfluchtes! · *Er entfernt sich wieder*
DIE FRAUEN   Du kannst wieder vorkommen.
Er ist Weißrusse. Soll zwei Kaschuben erschossen haben, als die Russen heran sind.
ILSE   Josef? Josef – – – ?
DIE FRAUEN   Was ist? – Kennst ihn wohl?
ILSE · *für sich* · Josef Koweli ... Sobowitz 1942. Er war unter den Zivilarbeitern, ein Bursche, der alle kujonierte ... Wie sagte Papa damals, als die Sache mit den Katzen passierte: »Wenn der Teufel einen Sohn hat, dann ist es dieser Koweli.« · *Sie denkt nach* Es war an einem schwülen Julitag ...

ILSE · *über den Gutshof rufend* · Josef!
JOSEF   Gnädige Frau –

ILSE  Hast du die Katzen gegen das Scheunentor geschlagen?
JOSEF  Katzen? Weiß nicht.
ILSE  Du weißt es sehr gut. Also?
JOSEF  Wir machen Katzenviecher zu Hause kaputt so, wenn gerade geboren.
ILSE  Die Katzen waren acht Wochen alt.
JOSEF  Weiß nicht. Rote Augen. Nicht gut, cholera. –
ILSE  Warum fluchst du so abscheulich?
JOSEF  Jesus Maria, warum ich fluche?
ILSE  Wenn dich deine Mutter hörte –
JOSEF  Kann nicht. Mutter tot.
ILSE  Oder dein Vater.
JOSEF · *spuckt aus* · Phh!
ILSE  Hast du niemals vom vierten Gebot gehört – du sollst Vater und Mutter ehren?
JOSEF · *wimmert* · Will nicht hören, nicht hören Vater – Vater Mutter immer prügeln. Mutter kein Wort. Mutter liegt da. Ich sage: Mutter, steh auf! Mutter steht nicht auf. Warum? Mutter tot. Mutter! Warum du nicht schreien, nicht wieder schlagen? Läßt sich von Vater tot machen – dumme Mutter! Jetzt weiß ich: gut wie Mutter sein, nicht gut –
ILSE  Doch, Josef!
JOSEF  Ich will nicht hören – ich will nicht hören.
ILSE  Nimm die Finger aus den Ohren, hör zu! Was hebst du da auf? Wirf den Stein weg!
JOSEF  Kaputt –
ILSE  Wirf den Stein weg! Sieh mich an.
JOSEF  Nein. Kaputt. Soll alles kaputtgehen. Kaputt, kaputt.
ILSE  Wirf den Stein weg! Sieh mich an. Bleib hier! Sieh mich an. Bleib hier. Du sollst mich ansehen . . .

*Josef erscheint im Kabuff*

DIE FRAUEN  Da ist er wieder.
Los. – Versteck dich.
JOSEF  Wo ist die Neue. Do stu piorunów!
ILSE  Hier. Ich bin die Neue.
JOSEF  Du – komm mit.
ILSE · *leise* · Josef!
DIE FRAUEN  Schrei. Schrei doch. Warum schreist du nicht?
ILSE · *leise* · Josef, sieh mich an. Josef!
JOSEF · *starrt sie an. Stößt einen unartikulierten Laut aus* · Du – – – daß ich dir was tu – könnt dir so passen. Phh! · *spuckt aus* · Was du schon weißt.
DIE FRAUEN  Er hat Angst. – Reißt aus. – Kennst du ihn? – Woher? – Wer bist du? – Heißt wie?
ILSE  Ilse Bandomir. Wir hatten ein Gut bei Brentau. Sobowitz.


*Vernehmungszimmer der U. P.*
OFFIZIER  ... Sobowitz · *hält im Schreiben inne* · Ich schreibe nur, was ich frage ... und was du antwortest. Sieben Fragen. Sieben Antworten. Warst du in der Partei?
ILSE  Nein.
OFFIZIER  Frauenschaft?
ILSE  Nein.
OFFIZIER  Sonstige Organisationen?
ILSE  Nein.
OFFIZIER  Du lügst.
ILSE  Nein.
OFFIZIER  Eine Frau hat gesagt –
ILSE  Ich kenne diese Frau nicht.

OFFIZIER  Hier ist der Brief. Du lügst.

ILSE  Ich lüge nicht. Diese Frau lügt, die ich nicht kenne, die mich nicht kennt, wenn sie behauptet –

OFFIZIER  Diese Frau ist Polin. Also Polen lügen? Hast du das gerade gesagt oder hast du das nicht gesagt?

ILSE  Aber ich – *verliert die Fassung*

OFFIZIER  Jetzt weinen, ja! Hast du geweint, als Hitler Polen überfallen hat, hast du da geweint? Sag nur, du hattest nicht Grund gehabt zu weinen ... Zum Beispiel ... *er kramt in Papieren* ... über das, was bei Lwów passiert ist. Lwów – ihr habt es Lemberg genannt, eure SS – Da war ein Mann, ein gewisser Brill. Vor dem Krieg hatte der in Lwów eine Mehlniederlassung ... in der Nähe der Lyczakowskastraße. Ich will mein Leben loswerden, hat er gesagt ... Ich halte es nicht aus ...

*Er liest im Protokoll*

»Ich habe in der Fabrik ›Federn-Daunen‹ in der Zródlanastraße Nr. 5 zusammen mit meinen Töchtern gearbeitet. Eine war siebzehn alt, die andere fünfzehn. Seit der Liquidierung des Ghettos waren wir in dieser Firma verborgen. Nach einigen Tagen nahm uns der Direktor alles weg. Die Gestapo kam, und wir wurden dem Konzentrationslager ausgeliefert. Hier steckte man uns, mich und meine Kinder, ins Todesgefängnis. Von dort aus hat man uns auf die Piaski geführt und mich von meinen Töchtern getrennt ...«

Hat man d i c h von deinen Kindern getrennt?

ILSE  Ja, Herr Kommissar.

OFFIZIER  Ich bin nicht Kommissar. Ich bin Leutnant.

ILSE  Ja, Herr Leutnant. Ich suche meine Kinder.

Deswegen bin ich nach Polen gefahren. Und man hat mich verhaftet.

OFFIZIER  Und was, denkst du, hat man mit deinen Kindern getan? Dasselbe wie mit den Töchtern von Brill?

ILSE  Ich weiß nicht, was man mit ihnen getan hat.

OFFIZIER  Mit den Töchtern von Brill? Ich will es dir sagen:

*Er liest weiter aus dem Protokoll vor*

»Wie alle andern ging auch ich nach unten in die Schlucht. Nach einigen zehn Minuten suchte man mehrere Leute aus, unter ihnen auch mich, und führte uns zu der Stelle, wo wir morgens die übrigen zurückgelassen hatten. Und dort lagen alle schon erschossen, auch meine Töchter. Man befahl uns, Feuer zu machen, und wir warfen alle Leichen ins Feuer. Unter ihnen auch meine beiden Töchter...«

Glaubst du, daß man dich zwingen wird, deine Kinder auch ins Feuer zu werfen?

ILSE  Nein – nein, Herr Leutnant.

OFFIZIER · *verächtlich* · Ihr –! Nichts gewußt haben wollt ihr heute – und beschwert euch, daß ihr nicht gerecht behandelt werdet! Da hat es einen Polen gegeben, Leon Weliczker. Er hat folgendes zu Protokoll gegeben:

»Nach dem Einmarsch der Deutschen in Lwów wurde ich am 2. Juli verhaftet. Drei Tage lang war ich im Gefängnis ohne Essen, sogar ohne einen Tropfen Wasser. Man hatte mich furchtbar geschlagen, wahrscheinlich ebenso wie die 5000 Juden, die zusammen mit mir saßen. Am Freitag, den 4. Juli wurde die Mehrzahl der Verhafteten erschossen, und ich und noch einige andere entflohen abends. Am Sonnabend,

den 5. Juli, lag ich halbtot zu Hause versteckt . . .
Als am Sonntag, den 6. Juli, in unserem Hause eine Kontrolle durchgeführt wurde, fanden mich die Ukrainer und nahmen mich zur Zólkiewska-Maut zur Arbeit mit. Wir waren dort hundert Mann. Achtundachtzig starben durch Martern an Ort und Stelle, und zwölf kamen nach Hause zurück. Wir waren halbtot. Einer führte den andern unter dem Arm. An diesem Tage war mein Wunsch, daß man mich ohne Qualen erschießen möchte . . .«
Dieser Weliczker war damals sechzehn Jahre alt . . . ein Kind. . . . . Willst du weiter hören?

ILSE  Ja.

OFFIZIER · *liest* · »Am 8. Juni führte man mich zusammen mit 180 Personen zum Erschießen. Ich grub mir mit 41 Grad Fieber und nackt selbst das Grab. Schon wurden Leute aus unserer Gruppe erschossen, und ich war beinahe an der Reihe, aber ich floh doch noch und gelangte halbnackt nach Hause. Ich lag drei Wochen lang bewußtlos. Als ich wieder zu Bewußtsein kam, verabschiedete ich mich von meinen Eltern und Geschwistern und ging in die Wälder . . .«
Alle seine Schwestern, die Brüder, die Mutter, der Vater werden von den Deutschen getötet. Leon wird der sogenannten Todesbrigade zugeteilt. Er muß Leichen aus Massengräbern ausgraben und verbrennen – Tausende von Leichen, die verschwinden sollen, damit es keine Spur mehr gibt – und keine Anklage. – Aber wir haben seinen Bericht. Hör zu . . .
»Wir begannen zu graben, und nach einer Viertelstunde waren Leichen zu sehen. Wir erkannten sofort, daß es irgendwelche prominente Leute gewesen sein mußten. Einige waren in Gesellschaftskleidung,

andere wiederum in Anzügen aus teurem Stoff. Kaum hatten wir die ersten Leichen aufgehoben, lagen auch schon zwei goldene Taschenuhren mit Ketten und ein goldener Watermann-Federhalter da. Ein Füllfederhalter trug einen goldenen, 1 cm breiten Reifen mit dem eingravierten Namen des Eigentümers ... Die Leichenschichter, neugierig, wer diese Herren sein mochten, zogen ihnen die Ausweise aus den Taschen, die ergaben, daß es Prof. Bartel, Dr. Ostrowski, Prof. Stózek und andere waren: Tadeusz Boy-Zelenski, Antoni Cieszynski, Wladyslaw Dobrzaniecki, Jan Grek mit Frau, Jerzy Grzedzielski, Henryk Hilarowicz, der Geistliche Komornicki, Wlodzimierz Krukowski, Roman Longchamps de Berier mit drei Söhnen, Antoni Lomnicki, Stanislaw Malczewski, Witold Nowicki mit seinem Sohn, Stanislaw Pilat, Roman Recki, Stanislaw Roch mit Familie, Wlodzimierz Sieradzki, Kasper Bajgiel, Roman Witkiewicz ..., die Gebeine von Dutzenden der besten Söhne Polens ...

Am Sonnabend, den 9. Oktober, wurde der Scheiterhaufen angezündet. Auf diesen Tag fiel Jom Kippur, das Fest des Versöhnungstages – – –«

*Der Offizier klappt das Protokoll zu, erregt* · Und ihr habt nichts gewußt! Nichts gewußt! Ihr habt nichts gewußt! · *Er steht auf* · Wir werden euch bestrafen. Wir werden Sie bestrafen. Aber nur für das, was Sie getan haben. Wir sind ein Rechtsstaat. Wollen Sie das Gegenteil behaupten? –

Sie wollten ein Verhör. Ich stelle fest: Sie haben ein Verhör gehabt. Sie können gehen · *Ilse zögert*

Na – worauf warten Sie noch? Gehen Sie –

## Im Pfarrhaus von Zoppot

PFARRER  Ich verstehe nicht: man hat Sie nicht angehalten?

ILSE  Nein, Herr Pfarrer.

PFARRER  Als Sie aus dem Zimmer traten, in dem Sie verhört wurden, war niemand da?

ILSE  Nein. Der Posten war weg. Ich weiß nicht warum. Ich ging den Flur entlang, die Treppe hinunter – auf einmal war ich auf der Straße.

PFARRER  Und es fiel Ihnen nicht Besseres ein, als hierherzukommen?

ILSE  Ich hatte nur den einen Gedanken: meine Kinder. Ich wußte ja noch nichts von Jürgen.

PFARRER  Jürgen?

ILSE  Ich muß zu Ihnen, dachte ich. Schon an dem Morgen, als man mich verhaftete, wollte ich ja zu Ihnen.

PFARRER  Wären Sie nur früher gekommen.

ILSE  Erst mußte ich Achim wiederhaben.

PFARRER  Das ist Ihr kleiner Sohn aus dem Dom dziecka, jetzt bei Fräulein Rekowska?

ILSE  Ja, zuerst fand ich s e i n e Spur. Das war nicht leicht. Alle diese Behörden ... die Papiere, die ich vorlegen mußte ... dabei immer die Gefahr, daß man mich verhaftet. Ich dachte, erst wenn das erledigt ist und man mir Achim zugesprochen hat, kann ich mich um Jürgen kümmern. Das ist dann eine Kleinigkeit, dachte ich.

PFARRER  Sie haben also noch ein zweites Kind, nach dem Sie suchen?

ILSE  Jürgen ist mein Kleinster. Mit Achim zusammen ist er in Dom dziecka gewesen. Und noch bevor Fräulein Rekowska Achim zu sich nahm, ist Jürgen von irgendwelchen Leuten abgeholt und wahrscheinlich adoptiert worden.

PFARRER  Dann müßte er getauft worden sein.

ILSE  Deshalb bin ich hier, Herr Pfarrer. Sie haben Jürgen getauft.

PFARRER  Ich habe mehrere Kinder aus dem Dom dziecka getauft.

ILSE  Jedenfalls sind die Leute, die Jürgen adoptiert haben, bei Ihnen gewesen, etwa im Juli – hat man mir damals im Kinderheim gesagt.

PFARRER  Alle Taufen sind im Kirchenbuch verzeichnet. Wir können mal nachsehen. Bei den meisten Kindern hat meine Schwester Klara als Taufzeugin fungiert. Wir werden sie fragen. – Frau Bandomir, ich knüpfe nur eine Bedingung daran: Sie stellen sich der Polizei.

ILSE  Ich habe niemand etwas getan. Ich will meine Kinder, nichts weiter.

PFARRER  Aber Sie werden in Danzig und bald in ganz Polen als Ausbrecherin gesucht. Man wird Sie aufgreifen, und dann? Ich rate Ihnen, stellen Sie sich den Behörden. Ich zweifle nicht, daß man Sie dann ordnungsgemäß entläßt. – Also glauben Sie mir, es ist das Beste, im Interesse Ihrer Kinder. Ich werde jetzt die Polizei rufen. Bis dahin haben wir Zeit im Kirchenbuch nachzusehen. Sind Sie einverstanden?

ILSE  Ja, Herr Pfarrer.

PFARRER  Gehen wir in meine Amtsstube · *beide ab*

PFARRER · *blättert im Kirchenbuch, liest* · Wróblewski – Mieczyslaw Karol. Das war im Juli.

ILSE  Im Juli? Stimmt – da ist Jürgen abgeholt worden.

PFARRER   Bei allen diesen Taufen habe ich am Rand vermerkt: Mit Vorbehalt. Da ... sehen Sie ...? Weil ich ja nicht wissen konnte, ob die Kinder schon getauft waren.
ILSE   »Mit Vorbehalt« – dann kommen nur diese Kinder in Frage.
PFARRER   Nur diese.
ILSE   Und wer ist Mieczyslaw Karol?
*Die Tür geht. Klara tritt ein*
PFARRER   So hieß der Pflegevater. Erinnerst du dich, Klara? – Das ist meine Schwester. – Frau Bandomir ist zu uns gekommen wegen ihrer Kinder.
KLARA   Dzień dobry. – Mieczyslaw Karol? Ja, es war ein kleiner, lebhafter Mann. Er war ganz aus dem Häuschen, daß er einen Sohn haben sollte. Die Ehe war kinderlos. In Polen ist das mit Adoptionen schwer. Es kostet eine Menge Geld. Zweifellos sah er jetzt eine Gelegenheit.
ILSE   Er war arm?
KLARA   Das wohl nicht. Aber auch nicht reich. Arbeiter, glaube ich, in einer Schuhfabrik ... auswärts.
ILSE   Man hat mir gesagt, Jürgen soll von sehr wohlhabenden Leuten abgeholt worden sein.
KLARA   Na dieser Mann war nicht wohlhabend. Ich sehe ihn genau vor mir ... wie ein kleiner Italiener hüpfte er vor Freude ... Er bestand darauf, daß sein Pflegesohn so heißen solle wie er ... Mieczyslaw Karol Wróblewski.
ILSE   Genau das sagte eins der Mädchen im Kinderheim. Das Kind hätte den Vornamen des Pflegevaters erhalten. Wo wohnen die Wróblewskis?
PFARRER   In der Rokossowskistraße. Dort haben sie jedenfalls gewohnt.

ILSE · *zögernd* · Darf ich dorthin, bevor ich mich stelle?
PFARRER  Das wird nicht mehr gehen. Die Polizei muß jeden Augenblick hier sein.
KLARA  Es war ein Kind mit großen dunklen Augen. Es hatte blonde Locken. Ich erinnere mich ganz deutlich ... es war so lebhaft.
ILSE · *bestimmt* · Es ist Jürgen. So hat er ausgesehen.
PFARRER  Wir werden uns umtun für Sie, Frau Bandomir. Sagen Sie noch eins: Fräulein Rekowska wohnt hier in Zoppot?
ILSE  Straße des Friedens Nummer drei.
PFARRER  Wir werden auch nach Ihrem Achim sehen ... ich selbst – oder du, Klara?
ILSE · *plötzlich* · Nein – bitte nicht.
PFARRER  Aber warum nicht?
ILSE  Ich – – – ich weiß es nicht. Ich glaube, es ist besser, Fräulein Rekowska erfährt nicht, daß ich hier war ... bei Ihnen ...
PFARRER  Glauben Sie, daß Sie denunziert worden sind?
ILSE · *schnell, wie um diesen Gedanken zu verscheuchen* · Nein nein ... sie war ja immer sehr nett zu mir ...
PFARRER  Nun, das wird sich alles klären.
*Die Hausglocke schellt. Der Pfarrer geht um zu öffnen. Im Flur Stiefelschritte*
PFARRER  Sie sind da. Kommen Sie.

TAGEBUCH DER ILSE BANDOMIR IM GEFÄNGNIS
23. Dezember 1945.
Unter schwerer Bewachung nach Danzig. Erinnerung: hier entlanggefahren, als Eckehard mich ins Entbindungsheim brachte. Wolfgang kam damals. Und dann, es war im Sommer, ein zweitesmal; es war ein heißer, trockener Tag, wir fuhren im offenen Wagen, plötzlich goß es wie aus Kannen vom Himmel. Eine Stunde später war Christa da . . . Jetzt Ruinen, Schnee. Ein Turmstumpf: Sankt Katharinen. Da weiß ich: es geht zum Polizeipräsidium hinter der Reitbahn.
Einzelzelle. Gelte als Schwerverbrecherin. Zelle liegt an der Hausecke, Wind poltert, Schnee fliegt herein, Fenster zerbrochen, Heizung illusorisch, da im zweiten Stock, keine Wärme kommt durch die Rohre hoch. Pritsche. Keine Decke, Zementboden. Gottlob habe ich meinen wattierten Mantel gerettet und die Trainingshosen. Ziehe Handschuhe über Zehen, binde Schal darum. Um nicht zu erfrieren, bewahre ich Brotrinde für die Nächte auf. Kauen mindert das Gefühl, daß man zu Eis erstarrt. Papier unter Einlegesohlen im Schuh durchgeschmuggelt, winzigen Bleistift ergattert.
Wenigstens tagsüber Arbeit, somit Bewegung: Kartoffeln schleppen, meist erfrorenes Zeug, von Neugarten zum Karrenwall. In unbenutztem Dachverschlag der Entlausungskammer, eng zusammengedrängt, damit es wärmer ist, lesen wir die eßbaren Knollen heraus, schälen sie. Meine Leidensgenossen sind zumeist nach Graudenz von den Russen verschleppte Deutsche, die sich von dort nach Danzig durchschlugen, wo man sie verhaftet hat. Ein deutscher Kaufmann aus Thorn will in Graudenz mit meinem Vater zusammen gewesen sein, noch Ende Mai. Papa sei an Typhus gestorben. Ich höre es apathisch an, nichts regt sich in mir, bin ich schon so stumpf geworden? Morgen ist Heiligabend.

25. Dezember 1945
Oberschließer Johann Witold hat nachts unsere Zellen nicht abgeschlossen, so daß wir uns untereinander besuchen können. In der hintersten Zelle entdecke ich einen alten Mann, von Geschwüren ganz bedeckt und von Läusen zerfressen, sein Stöhnen dringt durch alle Steine. Wir waschen ihn, verbinden ihn, holen ihm schwarzen Kaffee, den Witold »versehentlich« auf dem Gang stehen läßt. Ein gute Seele, Witold – und läßt sich nicht blicken, als »Stille Nacht, heilige Nacht« durch die Etage tönt.

Neujahr.
Drei Polen, Angehörige der Armia Krajowa, der Polnischen Nationalbewegung, sind in der Nacht ausgebrochen. Wladek, einer von jenen Schließern, die uns ständig das Leben schwer machen, hatte am Silvesterabend Dienst, lag aber sinnlos betrunken im Wachraum. Die Drei nützten die Gelegenheit. Morgens um 8 erscheint Wladek in meiner Zelle, mit blutunterlaufenen Augen, zerrt mich hinaus, prügelt mich vor aller Augen durch. Man soll ihn gemaßregelt haben. Er muß sein Mütchen kühlen. Mein Schweigen scheint ihn aber nur noch mehr zu reizen. Er nimmt einen Stoß pornographischer Fotos aus der Tasche, läßt sie reihum wandern. Als ich keine Miene verziehe, reißt er mir die Sachen vom Leib ... Witold tritt in die Tür, weist ihn zurecht. Erst da erfahren wir, daß Wladek abgesetzt ist und nichts mehr hier zu suchen hat, ja, daß er selbst ins Gefängnis muß, weil er die Leute laufen ließ.

5. Januar 1946
Von Miliz eskortiert mit meinen Leidensgenossen durch die Stadt. Karrenwall, Heumarkt, am Irrgarten vorbei, Silberhütte, Promenade. Als wir vor dem Schützenhaus links abbiegen, wird mir klar, wohin man uns führt. Immer war es mir

ein nicht geheurer Ort, wenn ich früher in Schießstange am Untersuchungsgefängnis vorbei mußte. Das ist unser Ziel. Der alte Mann mit den Geschwüren wird mitgeschleppt. In der Kälte, im stundenlangen Warten vor dem großen Tor, stirbt er, niemand kümmert sich um ihn. – Was wartet auf uns? Eisentüren, Höfe, dann das Innere des »Hotels zum großen Schlüssel«, wie jemand hinter mir sagt. Aber dann: Desinfektion, Anstaltskleidung, saubere Betten. Fast freundlich sehen die karierten Bezüge aus. Dafür nichts Eigenes mehr, nicht einmal meine durch alle Filzungen gerettete Zahnbürste. Es gelingt mir aber, meine Notizen aus den Schuhen zu nehmen, bevor ich sie abgeben muß. Jeder von uns hat jetzt eine Nummer. Ich: 1132. Häftling 1132 im Frauengefängnis Schießstange.

15. Januar 1946
Merkwürdige Erfahrung: seitdem ich hier bin, ist Ruhe in mir. Zur äußeren Angst, daß das Leben aussetzen könnte, daß Körper und Geist es einfach nicht mehr schaffen, kam die Angst um die Kinder. Diese Angst ist wie weggeweht. Es geht mir wie dem Soldaten, der Löhnung und Essen empfängt, dafür seinen Dienst tut und dem nur bange davor ist, daß das aufhören könnte. Keine Verantwortung und damit keine Selbstvorwürfe mehr, das Falsche getan zu haben. Sonderbar, zum erstenmal seit langer Zeit ein gutes Gewissen. Frage mich, wie das kommt. Draußen ist das Chaos. Hier geregeltes Dasein. Angefangen von der Morgenmeldung (Häftling 1132, deutsche Staatsangehörigkeit, eingeliefert am ...) über Essenempfang, dem Herumgeführtwerden im Hof, die strikte Einhaltung der Bestimmung, wann man sich auf die Pritsche legen darf (tagsüber nicht) bis hin zum Zapfenstreich. Jemand anders denkt für einen. Was die äußeren Dinge betrifft. Und die inneren? Irrtum, wenn ich gemeint habe, daß der Kopf jetzt

dafür frei würde. Das eigene Denken konzentriert sich allein auf die Rationen, die täglichen 300 Gramm Brot, die Kasza, eine Wassergrütze mit Kartoffeln, oder auf die Frage, ob den klebrigen Roggenmehlklößen – wenn es keine Kartoffeln gibt – Klippfisch oder Bohnen beigemengt sind (Bohnen Delikatesse). Nachteil hier: keine Arbeit. Mit dem ständigen Sitzen in der Zelle schlummert jede Aktivität ein. Vorteil: nicht mehr allein sein. Mit mir sind noch zwei Frauen in der Zelle, Frau B. und Magda, die Lehrerin.

30. Januar 1946
Frau B., sechzigjährig, spricht zum erstenmal über die letzten Tage Danzigs. Unvermittelt sagt sie einen Satz. Schweigen. Dann wieder einen. Nur ahnen lassen sich die fürchterlichen Erlebnisse, die hinter ihr liegen, faßbar sind sie ihr so wenig wie mir oder jedem, der davon weiß. Heute sagt sie:
»Das Wasser holten wir aus dem Strießbach, wo lauter Leichen lagen. Gingen wir ins Haus zurück, waren schon wieder Russen da und riefen: Frau komm.«
Eine halbe Stunde später:
»Ich sagte ›chory‹, krank. Da ließen sie ab von mir, stießen mich in die Ecke. Wahrscheinlich, weil sie Inge sahen, die 12 Jahre alt war, ein hübsches Ding mit lauter langen Wuschelhaaren; sie griffen nach ihr, ihre Mutter hielt sie fest im Arm. Der Soldat, der am nächsten steht, knallt beide nieder, dann reißt er einer anderen Mutter die Tochter von der Seite, schleppt sie in den Flur – – –«
Insgesamt sind wir hier 150 »politische« Frauen und Mädchen. Die jüngste ist fünfzehn. Zum Teil sitzen sie schon über neun Monate, ohne daß man sie vernommen hätte. Jeder erzählt schlimme Dinge aus der Zeit, bevor ich hierherkam. An Hungertyphus sind in Schießstange ca. dreitausend Männer gestorben. Schließlich griff der Typhus auf das Personal über. Die länger

hier Einsitzenden empfinden das, was jetzt ist, als Sanatorium.
Nur die Wanzen plagen sie. Mich nicht. Habe wohl kein süßes
Blut, oder mein Fleisch ist ihnen zu zäh.

17. Februar 1946
Juristen aus Warschau sind eingetroffen. Wer ist schuldig, wer
unschuldig? Die meisten der schweren, eindeutigen Verbrechen
an Polen sind längst abgeurteilt. Die noch nicht Bestraften
warten drüben im anderen Flügel auf ihre Aburteilung. Nach
und nach werden jetzt auch uns Anklageschriften zugestellt.
Jeder, der sie erhält, atmet auf. Auch wenn die vorgeworfenen
Vergehen nicht stimmen (zum Beispiel: gesagt zu haben: Da
oben wohnt der Pollack) und den Betroffenen weitere vier,
fünf Monate Haftstrafe einbringen werden. Sie wollen unterschreiben. Dann ist wenigstens ein Ende abzusehen, sagen sie. –
So die allgemeine Ansicht. – Bin nicht unter den Glücklichen.
Noch immer keine Vernehmung.

10. März 1946
Arbeit: Höfe und Straße fegen. Eisiger Märzsturm weht –
Danzig war von je ein Ort der Winde. Werde in den Hof
kommandiert, an dem die Gefängnis-Druckerei liegt. Am Fenster ein Gesicht: das kennst du doch? Wahrhaftig – einer unserer Vorarbeiter, der Name fällt mir nicht ein. Er ruft hinaus:
»Sie sind auch hier? Warum Sie denn?« –

11. März 1946
Heute schiebt die Schließerin ein Päckchen in unsere Zelle.
»Für mich?« Ich öffne es. Kostbarkeiten: Zucker, Brot, Fett.
Und ein Buch. Ich lese: »Bücher der Weisheit und Schönheit –
Johannes Trojan, Auswahl.« – Wie absurd, denke ich. Ein
Zettel darin: »Es grüßt Sie Karl Wintek.« Der Zettel liegt auf
Seite 64 des Buches, gerade dort, wo ein Gedicht steht: »Pure

Verleumdung«. »Das ist ja mein Lieblingsgedicht«, sagt Magda, die Lehrerin. »Kennt Ihr Bomst? Eine Stadt in Posen, über die jeder lacht. Ich habe dort mal unterrichtet.« Und schon deklamiert sie, als stünde sie vor ihrer Klasse ...

»Wenn du einmal kommst
in diesem Winter nach Bomst,
deine Erfahrung zu mehren,
und man setzt, um dich zu ehren,
dir heurigen Bomster Wein vor,
daß du nichts davon verschüttest,
und dein Gewand nicht zerrüttest,
weil er Löcher frißt in die Kleider
und auch in das Schuhwerk leider.
Denn dieses Weines Säure
ist eine so ungeheure,
daß gegen ihn Schwefelsäure
der Milch gleich ist, der süßen,
die zarte Kindlein genießen.
Fällt ein Tropfen davon auf den Tisch,
so fährt er mit lautem Gezisch
gleich hindurch durch die Platte.
Eisen zerstört er wie Watte,
durch Stahl geht er wie durch Butter,
er ist aller Sauerkeit Mutter.
Standhalten vor diesem Sauern
weder Schlösser noch Mauern.
Es löst in dem scharfen Bomster Wein
sich Granit auf und Ziegelstein;
Diamanten werden sogleich,
in ihn hineingelegt, pflaumenweich,
aus Platin macht er Mürbeteig.
Dieses vergiß nicht, falls du kommst
in diesem Winter nach Bomst.«

Wir blicken uns an, lachen alle drei. »Bomst«, sagt Frau B., »Bomst«, sage ich. Und sind fröhlich zum erstenmal, wissen nicht warum.

30. März 1946

Die Tür fliegt auf: »1132 zur Vernehmung!« Ich werde in einen Seitenflügel geführt. Hinter dem Schreibtisch kein Kommissar, kein Leutnant, vielmehr ein alter, fast gütiger Herr mit weißem Haar – ein hoher Gerichtsmensch aus Warschau, erfahre ich später. »Setzen Sie sich. Nun erzählen Sie mal.« Ich erzähle. Hin und wieder macht er sich eine Notiz. Dann nimmt er ein Aktenstück in die Hand. Weist auf meine Unterschrift. Wann habe ich sie gegeben? Keine Erinnerung.

> JURIST  Da steht, Sie haben sich gegen die Polen ausgesprochen.
> ILSE  Wie denn?
> JURIST  Allgemein.
> ILSE  Einmal sollte ich ein Protokoll unterschreiben, das auf polnisch abgefaßt war. Man wußte nicht, daß ich soviel polnisch lesen konnte, um zu begreifen, daß mir eine Aussage hineingemogelt war, die ich nicht gemacht hatte. Diese Aussage hat man mir immer wieder vorgehalten. Ich bestritt sie und konnte beweisen, daß ich unschuldig war.
> JURIST  Trotzdem haben Sie unterschrieben?
> ILSE  Nein.
> JURIST  Sie verweigerten die Unterschrift?
> ILSE  Ja.
> JURIST  Wie ging das Verhör aus?
> ILSE  Man – schlug mich.
> JURIST  Dann haben Sie unterschrieben.
> ILSE  Nein.

JURIST  Haben Sie jemals etwas unterschrieben?
ILSE  Nein... doch: eine Liste, in der die Sachen aufgeführt waren, die man mir abgenommen hatte.
JURIST  Wissen Sie noch, wie diese Liste aussah?
ILSE  Ich verstehe nicht – – –
JURIST  Ein Zettel? Ein ganzer Bogen Papier?
ILSE  Nein. Ich weiß es nicht mehr genau.
JURIST  Jedenfalls haben Sie dieses Protokoll n i c h t unterschrieben?
ILSE  Nein... Bitte – – – um etwas zu unterschreiben, was man bekennen will... oder soll... dazu muß man doch bei Besinnung sein?
JURIST  Ja. Das müßte man eigentlich.
ILSE  Ich habe es nicht unterschrieben.
JURIST  Es ist gut. Sie können gehen. Halt. Noch eins. Haben Sie hier in der Untersuchungshaft irgendeinen Grund zur Klage?
ILSE  Nein.
JURIST  Ach, beschreiben Sie doch noch einmal Ihre ... Flucht.
ILSE  Welche Flucht?
JURIST  Sie verließen doch das Gebäude der Staatspolizei in Neugarten.
ILSE  Der Leutnant sagte: Gehen Sie. Und ich ging. Der Posten war nicht mehr da. Ich – ich dachte auch nur an Jürgen.
JURIST  Jürgen?
ILSE  Meinen Jüngsten. Er ist verschollen. So lief ich zum Pfarrer von Zoppot.
JURIST  Und niemand hielt Sie an?
ILSE  Nein. Erst der Pfarrer machte mich darauf aufmerksam, daß ich –
JURIST  Gut so. Sie können jetzt gehen ...

15. April 1946
Siebzig deutsche Frauen werden entlassen. Ich bin nicht dabei. Hoffnungen zerschmelzen wie der Schnee draußen auf der Mauer schmilzt. Die kleine Birke, die dort gewachsen ist, wird sie sich begrünen? Unmöglich, unvorstellbar, sage ich mir, woher sollen die Würzelchen ihre Kraft nehmen? ... und will es nicht wahrhaben. Nichts will ich wahrhaben, was an Hoffnung bleibt.

10. Mai 1946
Gelb im Gesicht, krank – wie die andern, denen womöglich »eine unbestimmte Zeit Lager« droht, so heißt eins der schlimmsten Urteile, das gestern gegen eine Frau aus der Rennerstiftsgasse erging –, trotte ich, die Hände auf dem Rücken, im Gänsemarsch durch den Gefängnishof. Verwünschte Birke, die wirklich grünt – meine Augen streifen das Wunder, wandern weiter, die Gitterfenster entlang am Männergefängnis, verweilen auf den blinden Scheiben hinter den Eisenstäben – und treffen auf Kindergesichter – so kommt es mir vor. »Warum sind sie hier?« »Aufsichtspersonal vom KZ Stutthof. Alle zum Tode verurteilt,« sagt eine Mitgefangene.

25. Mai 1946
Auf Schneiderwerkstatt kommandiert. Begehrte Abwechslung. Wir sind fröhlich, singen deutsche Lieder, wenn die Schließerin uns allein läßt. Da ich gut nähen kann, bin ich schon den zehnten Tag hier in der Dachstube. Die Maisonne wärmt die Glieder. Fast überkommt uns so etwas wie Übermut, und Mama Steimke aus Ohra, die als Mörderin eingeliefert wurde – inzwischen sagt man gemildert: »Wegen Körperverletzung angeklagt!«, da sie einem Polen, der sie bedrohte, die Pistole aus der Hand schlug, wobei sich ein Schuß löste, der einen anderen Polen traf –, Mama Steimke stimmt ein Schnadahüpferl an:

»Im Zuchthaus Schießstange da sitzen viel Fraun, die einen politisch, die anderen klaun...« Gerade falln wir alle in den Chorus ein, da kommt die Schließerin. Sofort sind wir stumm. Sie blickt uns der Reihe nach an. Dann tritt sie zu mir, legt einen schwarzen Tuchstreifen auf den Tisch. »Es sind fünf schwarze Binden zu nähen.«

Pfingstsonntag 1946
Alle Gnadengesuche im Stutthof-Prozeß sind abgelehnt worden. Die Exekution soll auf dem Hagelsberg stattfinden. Vor allem Volk.

5. Juni 1946
Gegen Morgen um sechs sind wir alle am Fenster. Sehen sie heraustreten... Das schwere Gitter nach draußen fällt zu. Dann schlägt es sieben. Als es acht schlägt, sagt jemand: »Nun haben sie es überstanden.«

6. Juni 1946
Von Jürgen geträumt. Frau B. sagt, ich hätte laut mehrere Male seinen Namen gerufen. Was mag geschehen sein? Obwohl ich nicht an Gedankenübertragung glaube, ist mir doch, als hätte ich von draußen einen Anstoß erhalten, mit aller Kraft an ihn zu denken. Oder regt sich zum erstenmal, seit ich hier bin, ganz einfach wieder das, was ich früher das »Gewissen« nannte? Plötzlich empfinde ich meinen Zustand des Lahmgelegtseins, des Unvermögens, über die vier Wände meiner Zelle und mich hinaus etwas zu tun, wie eine Schuld – nein, nicht der Zustand selbst, sondern das fast dankbare Genießen dieser animalischen Situation erscheint mir als Schuld. Was habe ich schon unternommen, um Jürgen zu finden? Auf einmal weiß ich, warum ich seiner um eine Spur unbesorgter als um Achim zu sein vermochte, redete ich mir in allem Ernst

doch ein: in welche Schrecken er auch hineingezogen wird, wie fremd die Welt auch sein mag, in der er sich befindet – sein Bewußtsein nimmt sie noch nicht auf. Als ob ich nicht wüßte, was alles schon eindringen kann ins Bewußtsein vom ersten Atemzuge an ... Jürgen – mir ist, als müßte ich auf der Stelle losgehen, ihn suchen ...

17. Juni 1946
Ich liege – bei Tag – auf dem Bett. Habe Fieber, aber nur leicht. Plötzlich ruft es. Ruft nicht: »1132.« Es ruft: »Ilse Bandomir ...«
»Ja? Was ist?«
»Aufs Büro, schnell. Nehmen Sie Ihre Sachen mit.«
Es ist Sonntag. Meine Zellengenossinnen schlafen noch, sonntags ist es erlaubt, auszuschlafen. Ein letzter Blick auf sie: die gute, patente Frau B., die niemals verdrießliche Magda, »Bomst«, wie wir sie bald nannten. – Ich werde hinunter geführt. Wohin jetzt? Das steinerne Gesicht der Wachtmeisterin verrät es nicht. – Alle im Amtszimmer sind zuvorkommend. Ich frage eine der Sekretärinnen: »Wohin komme ich?« »Sie werden entlassen.«
Ich glaube es erst, als ich die Zuchthauskleidung abgebe und in meine desinfizierte Trainingshose steige, mir meinen alten Mantel umlege. Entlassen? Frei? Man läßt mich nicht mehr hinauf zu den anderen, niemandem darf ich es sagen ... von niemand einen Auftrag annehmen oder auch nur eine Bestellung für einen Angehörigen draußen ...

Ach, das große Gitter schlägt zu hinter mir ... Entlassen. Frei. Unter meinen Füßen die Straße ... eine Straße, soweit ich blicken kann. Ich überquere sie, halte mich an einem Gartenzaun fest ... Frei. Ich atme tief durch. Meine Beine ... bewegen sich ... Ein Sommertag. Irgendwo wird gesprengt ...

Wasser ... trockenes Erdreich quillt auf, riecht. Und dem Schattenreich entstiegen, laufe ich ... laufe ...
Die Straße des Friedens. Das Haus. Hier hielt der Milchwagen. Und dort drüben hat mich der Geheimbeamte verhaftet ... ein Menschenleben ist es her ... Die Tür – Jadwiga Rekowska. Zwei Treppen – ich klingle ...

MÄDCHEN · *öffnet* · Ja bitte?
ILSE  Verzeihung.
MÄDCHEN  Was wünschen Sie?
ILSE  Hier hat doch ... bin ich im falschen Haus ...?
MÄDCHEN  Ich weiß nicht, was Sie wollen.
ILSE  Ich meine, Fräulein Rekowska – ich will zu Fräulein Rekowska.
MÄDCHEN  Jadwiga Rekowska?
ILSE  Ja. Zu Achim. Zu meinem Sohn Achim –
MÄDCHEN  Fräulein Rekowska wohnt nicht mehr hier.
ILSE  Nicht mehr – hier?
MÄDCHEN  Bitte, kommen Sie herein.
JUNGER MANN · Dzień dobry.
MÄDCHEN  Das ist mein Verlobter ...
ILSE  Dzień dobry.
JUNGER MANN  Ja, sie ist ins Gebirge gefahren.
ILSE  Ins Gebirge? Mit Achim?
JUNGER MANN  Vor zehn Tagen etwa.
MÄDCHEN  Der Kleine war so krank. Lungen-Tb.
ILSE  Achim?
MÄDCHEN  Es mußte sofort etwas geschehen.
ILSE · *apathisch* · Vor – zehn Tagen?
MÄDCHEN  Wenn Ihnen nicht gut ist, setzen Sie sich.
ILSE  Nein nein ... *plötzlich* Ich kenne Sie.
MÄDCHEN  Mich? Ich wüßte nicht.

ILSE  Sie sind doch Sekretärin... auf der U.P.-Dienststelle... hier in Zoppot.

MÄDCHEN · *überrascht* · Ja.

ILSE  Sie sahen, wie der Geheimbeamte mich anbrachte.

MÄDCHEN  Ich erinnere mich nicht.

ILSE  Sie haben... damals gewußt, daß ich nach Deutschland will... mit Achim! Und Sie haben jetzt gewußt, daß ich entlassen werde... aus dem Gefängnis!

MÄDCHEN  Ich? Woher soll ich das wissen? Was nehmen Sie sich heraus? Wer sind Sie überhaupt?

ILSE · *ruhig* · Ich bin die Mutter des Jungen, mit dem Jadwiga Rekowska geflüchtet ist.

MÄDCHEN  Geflüchtet? So ein Unsinn.

ILSE  Geflüchtet ist, als sie von Ihnen erfuhr, daß ich entlassen werde – ist es so?

MÄDCHEN  Ich gebe Ihnen den guten Rat, so schnell wie möglich zu verschwinden.

ILSE · *hart* · Wo ist Jadwiga Rekowska? Wo ist mein Sohn?

MÄDCHEN  Wie sollen wir das wissen? Vielleicht in Zakopane? Oder in...

ILSE  Wo ist Jadwiga Rekowska?

JUNGER MANN  Meine Verlobte hat recht: Sie täten wirklich gut daran, mit dem nächsten Transport nach Deutschland zu fahren. Sie sind in Gefahr.

MÄDCHEN  Wenn Sie's nicht glauben, sollten Sie einmal zur U.P. gehen, wo ich arbeite, wie Sie sich so trefflich erinnert haben. Die haben mich nämlich schon zweimal gefragt, ob Sie hier waren. Sie kennen doch Fräulein Grochalska aus Neustadt? Oder nicht? Die hat Sie angezeigt.

ILSE · *müde* · Ach lassen Sie das. Damit war ich früher einmal zu erschrecken. Sie wollen mich los sein · *beschwörend* · Aber so leicht wird man mich nicht los. So leicht nicht ... *schwach* so leicht ... doch nicht ... *sie sucht nach einem Halt*

JUNGER MANN · *springt hinzu, hilft Ilse. Zu seiner Verlobten* · Nie stój jak gapa ... Siehst du nicht, daß sie am Ende ist? Faß an, wir legen sie drüben auf die Matratze · *Sie tun es* · Vielleicht sollten wir ihr doch sagen, daß ein Brief für sie da ist.

MÄDCHEN   Psst – sei doch ruhig.

JUNGER MANN   Ich meine, sie hätte ein Recht darauf.

*Ilse stöhnt*

JUNGER MANN   Geht es Ihnen besser?

ILSE   Ja, danke.

JUNGER MANN   Übrigens, hier ist ein Brief für Sie – ein Brief aus Deutschland.

ILSE   Aus Deutschland? Ein Brief?

JUNGER MANN   Ja, hier.

ILSE   Danke.

JUNGER MANN   Bleiben Sie ruhig liegen. Ruhen Sie sich aus.

ILSE · *nimmt den Brief, sieht die Handschrift* · Cläre! *Sie reißt das Kuvert auf, liest* · Wolf! Christa, mein Liebling ...


CLÄRE BANDOMIR, BERLIN, AN IHRE SCHWÄGERIN ILSE

Liebe Ilse. Ellen hat mich aufgesucht und mir berichtet. Sie hat jetzt eine Anstellung in der Charité. Von ihr weiß ich nun endlich, was Du durchgemacht hast. Dein Wille, Achim und Jürgen zu finden und heimzubringen, war so stark, daß es Dir nach menschlicher Rechnung hätte gelingen müssen. Aber die Widerstände scheinen nun doch so groß zu sein, daß wir befürchten, Du opferst dich auf. Dein Mann ist gefallen. Deine Eltern sind umgekommen. Nun gibst Du auch noch Dein Leben dran. Und deshalb schreiben wir Dir heute diese Zeilen ...

*Ilse blättert um, ihr Blick fällt auf einen Bogen mit ungelenker Kinderschrift*

Liebe Mutti, gestern haben wir gedroschen. Herr Gudde hat die Garben raufgestakt, oben stand Christa und schnitt sie auf. Ich warf sie in die Maschine, die ganze Scheune wackelte mit. Zwei Stunden lang, dann gab es Vesper, dann ging es weiter bis zum Abend ... Herr Gudde hat gesagt, so schnell haben sie es noch nie geschafft, das halbe Fach leer ...

Liebe Mammutschka! Ich habe stricken gelernt. Die alte Oma hat es mir beigebracht – S-tricken, sagt sie immer. Auch die Wolle habe ich gesponnen. Guddes haben zwölf Schafe, zwei gehören mir, wirklich Mammutschka. Davon kann ich Dir ein Kleid stricken ...

Liebe Mutti. Tante Cläre war hier. Sie kommt jetzt alle drei Wochen nach Elfershude, jedesmal bringt sie uns was mit. Heute für Christa feine Schuhe, viel zu fein. Ich glaube, Christa schnappt über. »Du mußt jetzt mit mir wie mit einer Dame reden«, hat sie gesagt, als sie die Schuhe anprobierte. Da hat Tante Cläre lachen müssen. Tante Cläre ist prima. Wir haben sie richtig lieb wie Dich. Komm doch auch mal.

Dein Wolf

... wenn es keiner sieht, schleiche ich mich auf die andere Seite vom Deich. Da ist es wie zu Hause. Wenn du kommst, gehen wir da gleich hin.

Deine Christa

... wann immer unsere Briefe Dich nun erreichen werden, so habe ich die Hoffnung, daß es noch nicht zu spät ist, um Dich zu bewegen, heimzukommen. Komm heim, Ilse. Deine Kinder warten auf Dich, es gibt diese beiden hier, Wolf und Christa, für die Du da zu sein hast, so gut wie für Deine zwei Jüngsten. Die Hauptsache ist doch, sie leben, das weißt Du, und leiden nicht unmittelbare Not. Komm sofort – wir alle werden Dir helfen, die Suche nach Achim und Jürgen fortzusetzen. Sei von Herzen gegrüßt von uns allen, Deine Kinder umarmen Dich und Deine Cläre. Komm, komme bald.

*Ilse läßt den Brief sinken*
O ja, ich komme. Ich werde aufstehn, werde zum Bahnhof gehn, nichts mehr soll mich hindern, das zu tun ... Ich will heimfahren ... heim zu euch ... Wie recht du hast, Cläre ... die Kasza ... diese elende Wassergrütze ... zehn Wochen ... zwanzig Wochen ... ein halbes Jahr lang – jetzt bin ich ganz ohne Kraft. Und dumm, dumm habe ich es angestellt. Mit List hätte ich vorgehen müssen ... hätte mich darauf berufen sollen, daß ich Polin war, wider meinen Willen deutsch geworden bin und jetzt wieder Polin zu sein wünsche ... Wo hätte es das gegeben, daß eine Polin einer Polin das Kind wegnehmen darf ...?
*Die Stimmen im Nebenraum werden hörbar*
Sie reden nebenan, der junge Mann, das Mädchen. Ich höre, wie sie ihm Vorwürfe macht: »Ihr den Brief zu geben«, sagt sie. Und er: »Warum denn nicht? Was wird schon drinstehen ...«

   JUNGER MANN Komm nach Hause, werden sie schreiben!
   MÄDCHEN Du kennst die Deutschen! Das Gegen-

teil werden sie schreiben: »Bleib. Laß dich nicht einschüchtern. Stelle deine Forderungen. Und trau dieser Frau nicht.«

JUNGER MANN  Womit sie nicht unrecht hätten.

MÄDCHEN  Ach du – hast du die Artikel gelesen im »Kurjer Batycki«?

JUNGER MANN  Das ist ein Hetzblatt.

MÄDCHEN  Weil sie die Wahrheit sagen über die Deutschen? Und über ihren Vater, diesen feinen Herrn. Wie er gewütet hat gegen uns!

JUNGER MANN  Konnte er das überhaupt? Bis neununddreißig war er Pole, jedenfalls auf dem Papier. Wenn er das getan hätte, was sie ihm da anhängen – rausgeworfen hätte man ihn. Die Deutschen durften damals genau so wenig aufmucken wie wir, als Hitler kam.

MÄDCHEN  Du verteidigst sie noch?

JUNGER MANN  Außerdem hängt man das einem Toten an. Soviel ich weiß, ist er umgekommen. Gelinde gesagt. Wahrscheinlich haben sie ihn totgeschlagen.

MÄDCHEN  Aber die Tochter lebt – wie du siehst.

JUNGER MANN  Soll sie sterben, Jadwiga zuliebe? Was würdest du tun, wenn man d i r d e i n Kind wegnimmt?

MÄDCHEN  Jedenfalls ich kann Jadwiga verstehen. Sie hat mir die Artikel gezeigt. Lies das! Steht es hier oder steht es hier nicht? Und dieser Bande soll ich Stas überlassen?

JUNGER MANN  Jadwiga schneidet den Kuchen, wie sie ihn braucht.

MÄDCHEN  Sie liebt Stas. Sie liebt ihn wirklich.

JUNGER MANN  Aber sie hat deshalb kein Recht auf ihn.

MÄDCHEN  Und wer sagt, daß er wirklich der Sohn dieser Frau ist?

JUNGER MANN  Ich denke, sie hat den Nachweis erbracht? Jedenfalls halte dich heraus. Es ist nicht deine Sache.

MÄDCHEN  An dir hat man eine Stütze!

JUNGER MANN  Ach was. Ich sehe nur wie es ist. Und es ist nicht gut, was wir tun.

ILSE · *erhebt sich mühsam, um zu gehen. Der junge Mann tritt zu ihr* · Ich danke Ihnen, daß Sie mir den Brief aufgehoben haben.

JUNGER MANN  Nehmen Sie's uns nicht übel. Wir wissen wirklich nicht, wohin Jadwiga gefahren ist.

ILSE  Ich habe – nicht damit gerechnet. Ich möchte jetzt gehen.


*Im Pfarrhaus von Zoppot*

PFARRER  Mein Gott, wie sehen Sie aus?

KLARA  Wo kommen Sie her?

ILSE  Diesmal bin ich nicht ausgebrochen, Herr Pfarrer. Man hat mich entlassen.

KLARA  Offiziell?

ILSE  Offiziell. Ich bin frei.

KLARA  Waren Sie schon bei Fräulein Rekowska?

ILSE  Sie ist verschwunden. Mit meinem Sohn.

KLARA  Diese Rekowska. Nicht möglich –

PFARRER  Hören Sie, mein Kind. Ihr Fall hat uns nicht losgelassen. Ich bin bei ihr gewesen, dieser ... Rekowska.

ILSE  Haben Sie Achim gesehen?

KLARA  Munter und fidel war er. Ich kann's bezeugen.

ILSE  Und mir hat man gesagt, er hat Lungen-Tb.

KLARA  Der? Keine Rede davon.
PFARRER  Also seien Sie beruhigt, das ist nicht wahr. Das hat sie nur herumerzählt, um glaubhaft zu machen, daß sie mit ihm fort muß.
ILSE  Aber wohin? Das Mädchen, das jetzt dort wohnt, hat keine Ahnung.
PFARRER  Angeblich. Ja – und was machen wir jetzt?
ILSE  Ich – ich weiß es nicht.
KLARA  Wo wohnen Sie denn?
ILSE  Nirgendwo.
KLARA  Und wovon leben Sie? Wissen Sie was – Sie wohnen bei uns. Unten im Souterrain ist eine Kammer. Für ein paar Tage geht es.
PFARRER  Sie müssen sich Arbeit suchen. Es wird eine Zeit dauern, bis wir herauskriegen, wo diese Rekowska steckt, diese . . .
ILSE  Sprechen Sie nicht schlecht über sie. Sie liebt Achim.
KLARA  Und das tröstet Sie? Mein Gott, ich wüßte nicht, was ich täte, an Ihrer Stelle.
ILSE  Im »Kurjer Batycki« hat etwas gegen meinen Vater gestanden. Sie hat es gelesen und glaubt alle diese Geschichten. Und nun fühlt sie sich verpflichtet, Achim vor dieser Familie zu retten.
PFARRER  So? Meinen Sie nicht, daß das Sache des Staates ist? Der Staat hat Ihnen Ihr Kind zugesprochen! 8000 Złoty hat er Ihnen abverlangt, was es gekostet haben soll, Ihr Kind durchzufüttern! Ich bin Pole und ich liebe mein Land. Aber ist das Recht? Das gehört vors Gericht!
KLARA  Sie dürfen jetzt nicht aufgeben, Frau Bandomir. Glauben Sie nicht, daß ich Grund hätte, die Deutschen zu lieben. Aber was man uns angetan hat,

berechtigt es uns, ein Gleiches zu tun? Also – zuerst müssen wir Arbeit für Sie suchen ... Sie müssen Geld verdienen. Wenn Sie sich im Meldeamt sehen lassen, schiebt man Sie ab, nach Deutschland. Aber damit ist Ihnen nicht geholfen. Also melden Sie sich nicht · *Sie überlegt* · Ich werde mit Herrn Groziecki sprechen. Der Mann ist Jurist ... Seine Frau erwartet ein Kind. Von Kindern verstehen Sie doch eine Menge – – –

*Im Haus der Grozieckis*

FRAU GROZIECKA  Gewiß war es beim ersten Kind schwerer. Aber – trotzdem. Wie froh ich bin, Schwester Ilse, daß es jetzt da ist – ich kann es gar nicht sagen. – Waren Sie immer Kinderschwester?

ILSE  Ich – wie kommen Sie darauf?

FRAU GROZIECKA  Wenn man Ihnen so zusieht – Ihre Sicherheit – Ich fange immer wieder von vorn an. Alles verlernt. Aber Sie – schon wie Sie's in den Arm nehmen, das Kleine.

ILSE  Ich hatte viel mit Kindern zu tun. Aber Schwester war ich nicht.

FRAU GROZIECKA  Sie sind schweigsam über sich. Und die gute Klara, der ich Sie zu verdanken habe – der entlockt man kein Wort · *Ilse schweigt* · Ich spüre aber: da ist etwas, das Sie bedrückt. Vielleicht kann ich was tun – für Sie?

ILSE · *mit viel Überwindung* · Das können Sie, gnädige Frau. Ich muß einmal dringend nach Danzig.

FRAU GROZIECKA  Aber natürlich. Ich meinte aber –

ILSE  Ich kann es – leider nicht. Ich habe – kein Geld.

FRAU GROZIECKA  Mein Gott – daß ich überhaupt nicht daran gedacht habe. Ist es Ihnen recht, wenn ich das gleich regle? Entschuldigen Sie – Sie weinen ja?

ILSE  Es ist – gleich vorbei.
FRAU GROZIECKA  Jetzt kommen Sie mal her, Schwester Ilse. Sie setzen sich hierhin. Bitte. Also was ist los?
ILSE · *zögernd, doch erleichtert* · Ich – ich will nach Hause. Ich – das ist eine lange Geschichte...


TAGEBUCH DER ILSE BANDOMIR
Zoppot, 29. Juli 1946
Mein erstes selbstverdientes Geld erhalten: 800 Złoty. Das sind nicht mehr als 8 Mark. Aber ich werde gut verpflegt, und da Lebensmittel sehr teuer sind, rechnet hier niemand die reinen Złoty nach, die er bar erhält. Dr. Groziecka, der meine ganze Geschichte von seiner Frau erfuhr, hat über eine hiesige Rechtsanwältin beim Staatsanwalt am Danziger Landgericht anfragen lassen, ob ich dort Klage erheben könnte. Drei Wochen Schweigen – und Bangen für mich. Nun ein erster Erfolg: der Staatsanwalt findet den Fall »sehr interessant«. Er habe, wie mir heute früh Dr. Groziecka mitteilt, gewisse Schritte eingeleitet. Gewisse Schritte – was soll ich darunter verstehen?

5. August 1946
Sommer. Die Schieferplatten oben um meine Dachkammer glühen in der Sonne. Die Luft flimmert vor Hitze. Von unten das Gepfeife einer Jungenshorde, die in Badehosen zum Strand zieht. Plötzlich die Stimme von Frau Groziecka. »Schwester Ilse, ein Herr, ein Beamter von der Miliz.« – »Man wird mich verhaften.« – »Es sieht gar nicht danach aus.«...

BEAMTER  Dzień dobry. Frau Bandomir?
ILSE  Ilse Bandomir.
BEAMTER  Ich habe Auftrag von meiner Dienststelle, zwei Kinder zu suchen... *blickt in Notizbuch* Achim

und Jürgen Bandomir. Das sind Ihre Kinder, Frau Bandomir?

ILSE  Ja.

BEAMTER  Unsere Nachforschungen ergaben, daß Frau Rekowska, bei der sich Ihr Sohn Achim aufhält, verreist ist. Mit unbestimmtem Ziel · *er läßt den amtlichen Ton* · Also sie ist flüchtig. Es wird einige Zeit dauern, bis wir wissen, wo sie steckt. Was nun Jürgen Bandomir angeht, da sind wir einen Schritt weiter. Ich bin auf dem Pfarramt gewesen und habe mir alle Wróblewskis herausschreiben lassen – da sind einige im Taufbuch eingetragen – man glaubt ja nicht, wieviel Wróblewskis es in Polen gibt. Deshalb habe ich auch die Meldekartei in der Stadtverwaltung durchsehen müssen ... Ich bin drei Tage unterwegs gewesen. – Können Sie mitkommen, jetzt gleich?

ILSE  Ich weiß nicht. Frau Groziecka –?

FRAU GROZIECKA  Selbstverständlich. Und kommen Sie mit guten Nachrichten wieder.

BEAMTER  Bevor wir gehen – übrigens, ich bin Pole, aber wir können deutsch sprechen. Ich habe keine Angst, wenn es jemand hört. Meine Mutter war Deutsche, aber ich habe mich der Eindeutschung damals entzogen ... Ich muß Sie etwas fragen, das ist sehr wichtig: können Sie ganz sicher Ihr Kind wiedererkennen?

ILSE  Jürgen war etwa ein halbes Jahr alt, als – ich von ihm getrennt wurde. Das war im Februar vorigen Jahres.

BEAMTER  Dann liegen ... siebzehn Monate dazwischen – ein Jahr und fast noch ein halbes.

ILSE  Jürgen besaß so unverwechselbare Eigenschaften. Von jedem seiner Geschwister hatte er etwas. Er

war der unkomplizierteste von allen Vier – und dann
hatte er ... Wenn er nach einem faßte, da spürte
man – es lag soviel Vertrauen darin – soviel Verläß-
lichkeit – es mag phantastisch klingen, nicht wahr,
bei einem halbjährigen Kind. Und doch war es so.
BEAMTER  Diese Frau Wróblewska, zu der wir gehen,
weiß nicht, daß Sie die Mutter sind. Lassen Sie sich
nichts anmerken, wenn – wenn Sie ihn erkennen. Wir
müssen verhindern, daß etwas ähnliches passiert wie
mit dieser Rekowska. Ich glaube, auch hier würde
man alles tun, um das Kind zu behalten ... Ich habe
deshalb dieser Frau gesagt, die Mutter des Kindes
sei verstorben – verzeihen Sie: nur eine List! –, und
da sei eine kleine Erbschaft. Sie selbst seien eine ent-
fernte Verwandte, die uns helfen könnte, das Kind
zu identifizieren.
ILSE  Die Wróblewskis wohnten früher in der Rokossowskistraße.
BEAMTER  Diese nicht. Es ist nur die Frau da. Der
Mann soll in England sein.
ILSE  Dann sind es nicht die aus der Rokossowskistraße ...?
BEAMTER  Nein. Ulica Sokota 28. In Adlershorst.
Wir werden sehen.


TAGEBUCH DER ILSE BANDOMIR

Die Wohnung, ärmlich eingerichtet, zu ebener Erde. Kalter
Kellerhauch, beizender Kaninchengestank aus dem Flur. Ein
jüngerer Mensch mit nacktem Oberkörper, ein Handtuch um
den Hals, öffnet die Wohnungstür. Hinter ihm ein kleines
Mädchen, vielleicht Zwölf. Dahinter noch ein menschliches
Wesen.

»Frau Wróblewska nicht da?«
»Fortgegangen. Ist was?« sagt der Mann.
»Es handelt sich um ihr Pflegekind.«
»Den da? So klein, schon so wichtig: ›Es handelt sich...‹ Na, ist aber auch einer! Was der kann! Tadek! Tadek!«
– – – Und ich sehe ihn, Tadek. Noch ist sein Gesicht verdeckt, aber der Halsansatz, seine Schultern, die bloßliegen, die blonden Löckchen im Nacken, die Ohren ... ich höre Papas Worte: Briesensche Ohren, die werden das Gras wachsen hören ... Jetzt spreizt er die Händchen – bilde ich's mir ein? Eckehards Hände! Er dreht sich um, die Silhouette des Näschens steht scharf im Fensterlicht, dieses freche, liebe leichte Stupsnäschen von Wolf – – – und ich weiß: er ist es, Jürgen ist es, und es ist gut, daß ich's weiß ... denn Tadek – nun lacht er, laut, roh, frech, fast ein wenig gemein. »Hopp!« sagt der Mann, und Tadek-Jürgen, mein Kind, behende wie ein Äffchen springt er auf den Tisch, wo Gläser stehn. »Hopp«, sagt der Mann, »jaki on jest mądry!« – wie klug er ist –, der Mann klatscht in die Hände, seine Hände zucken, er geht in die Knie, »Krakowiak, Tadek!« und summt ein Lied, singt, lauter, immer lauter, kommt ins Gröhlen, ruft: »Hei, seht, was er kann, tanzen, wie gelehrig er ist!« Er nimmt ein Glas, gießt etwas aus einer Flasche hinein. »Und trinken kann er auch! Tadek! Daj wódke!« – Und das Kind trinkt, mein Kind trinkt; dann wirft es das Glas auf die Erde. »Und singen kann er! Sing, Tadek!« Wieder stimmt der Mann das Lied an, Tadek fällt in den rauhkehligen Gesang des Mannes mit kindlichen unartikulierten Lauten ein. – »Und rauchen! Was kann er nicht, Tadek! Rauchst du?? Schmauchst du?! Marie, hol das Pfeifchen, hol Feuer, er kann rauchen, ihr glaubt es wohl nicht? He! He! He! Was ist? Weiter!«
Aber das Kind hält inne, mein Kind – erstarrt im Tanz, wie ein kleiner verschmutzter Putto im verwüsteten Park steht er

zwischen den Gläsern auf dem Tisch, mustert mich, als sähe er mich jetzt erst, der listige, freche Ausdruck weicht aus seinen Augen und macht einer traurigen Leere Platz. Hat er mich erkannt? Niemals, unmöglich. Keine Erinnerung kann in ihm sein ... nur eine Sekunde, zwei sind es – da löst sich seine Starrheit, ein paar Schritte tut das Kerlchen. Schritte eines Betrunkenen, denke ich – und fällt mir entgegen. Ich fange ihn auf, schwenke ihn einmal, zweimal, setze ihn behutsam ab – und da lacht er wieder ...

>KIND · *lacht* · Jeszcze raz!
>BEAMTER   Wir müssen gehn.
>MANN   Tadek ist wie kleiner Kamerad, habt ihr gesehn?
>BEAMTER   Sagen Sie Frau Wróblewska, ich komme morgen wieder. Dowidzienia.
>MANN   Warum warten Sie nicht?


*Straße*
BEAMTER · *im Gehen* · Also er ist es – ich habe es gewußt · *Ilse schweigt* · Es war doch besser so, daß wir die Frau nicht antrafen? · *Ilse schweigt* · Jedenfalls dachte ich, es ist besser so. Vielleicht hätten Sie es nicht ertragen, Komödie vor ihr zu spielen. Aber ihr die Wahrheit sagen, das wäre verkehrt gewesen, glauben Sie mir ...
Es gibt nur einen Weg, wie Ihnen geholfen werden kann ... über die Gerichte ... man muß diese Frau und ihren Liebhaber zwingen ... Entschuldigung, ich rede und rede ... Wollen wir uns nicht einen Augenblick setzen – hier auf die Mauer ...?
*Beide setzen sich. Der Beamte redet weiter. Ilse hört*

*seine Worte wie von ganz fern. Aber andere Worte steigen in ihr auf.*

WOLFS STIMME  Liebe Mutti, gestern haben wir gedroschen. Herr Gudde hat die Garben raufgestakt, oben stand Christa und schnitt sie auf. Ich warf sie in die Maschine, die ganze Scheune wackelte mit...

CHRISTAS STIMME  Liebe Mammutschka! Ich habe stricken gelernt. Die alte Oma hier hat es mir beigebracht. S-tricken, so sagt sie immer. Auch die Wolle habe ich gesponnen...

CLÄRES STIMME  Komm heim, Ilse. Deine Kinder warten auf dich, es gibt diese beiden hier, Wolf und Christa, für die du da zu sein hast, so gut wie für die beiden Kleinen. Die Hauptsache ist doch, sie leben und leiden nicht unmittelbare Not...

BEAMTER  Was denken Sie?

ILSE  Ich? Daß hinter einer Gefängniswand alles einfacher ist als davor... als draußen...

BEAMTER  Ja. Ich verstehe.

ILSE  Aber warum hilft man mir? Warum – warum tun Sie es?

BEAMTER  Ich habe keine Zeit darüber nachzudenken. Weiß der Himmel, man handelt, wie man handeln muß.


TAGEBUCH DER ILSE BANDOMIR
15. August 1946
Abermals nach Sobowitz. Zeugen besorgen. Rührender Empfang. Man hatte mich totgesagt... und begrüßt mich wie auferstanden aus dem Grabe. Ich erfahre auch den Grund. Frau Wróblewska hat einfach weitererzählt, was der Milizbeamte ihr gesagt hatte: die Mutter ihres Pflegekindes sei tot.

Das ist schnell, wie solche Gerüchte sich ausbreiten, nach Sobowitz zu unseren früheren Leuten gedrungen ... und mir eine Bestätigung dafür, daß sie sehr wohl weiß, wer ihr kleiner Tadek ist ... Sie muß aus guten Verhältnissen stammen und noch ehrbar gewesen sein, als sie Jürgen zugesprochen bekam. Inzwischen ist sie auf die schiefe Bahn geraten ... ihr Haus ist allgemein bekannt ... Aus allem kann ich nur folgern, daß Eile not tut. Jetzt nach Deutschland zurückzukehren und Cläres und der Kinder Wunsch zu erfüllen, es wäre ein Verbrechen, ein Verbrechen gegen Jürgen –

Kropidlowski ist krank. Aber Tschecha fährt mit, auch Grete, die früher beim Verwalter half, und Frau Urbanowski vom Vorwerk. Vernehmung: Als Zeugen dürfen nur Polen fungieren oder Eingebürgerte. Besorgt schärft der alte Urbanowski seiner braven Frau immer wieder ein, sie solle mir ja kein »falsches Kind« erkennen. Es ist mir nur lieb – wollte ich denn ein falsches Kind? Aber ich bin mir sicher, nur allzu sicher ...

18. August 1946
Tadek sitzt auf der Chaiselongue, schmutzig, verschmiert. Die Wróblewska, nicht unsympathisch und jünger als Jadwiga, versucht in aller Eile Ordnung zu machen ... vergeblich. Die Stube ist noch wüster, noch verkommener als das letztemal. Tschecha, Grete, Frau Urbanowski sind sich keinen Augenblick im Zweifel: »Jürgen, er ist es ...« »Der gnädige Herr, ihm wie aus dem Gesicht geschnitten ...« »Das Näschen ... der ganze Wolf!«

Protokoll im Milizgebäude. Niemand fragt, ob ich polizeilich gemeldet bin. Nicht endenwollende Prozedur. Ich bin so müde, wanke nach Hause. Frau Groziecka stürzt mir entgegen ...

FRAU GROZIECKA  Schwester Ilse –

ILSE  Gnädige Frau –

FRAU GROZIECKA  Gott sei Dank, daß Sie kommen. Man sucht Sie.

ILSE  Wer sucht mich?

FRAU GROZIECKA  Sie müssen fort. Man hat uns gewarnt: sie waren beim Stadtrechtsanwalt.

ILSE  Wer?

FRAU GROZIECKA  Leute von der Staatssicherheit.

ILSE · *resigniert* · Sie sollen mich verhaften.

FRAU GROZIECKA  Nein, Schwester Ilse, nein. Deshalb hat der Stadtrechtsanwalt nicht gleich jemand hergeschickt; er ist ein guter Bekannter von uns. Hier ist der Brief. »Versteckt eure Deutsche. Die U. P. ist hinter ihr her.«

ILSE  Die U.P.? Jadwiga Rekowska. Das Mädchen, das bei ihr wohnt. Sie geben keine Ruhe ...


*Ein Keller, irgendwo in Europa, Betonkammern, durch Türen und Gänge untereinander verbunden, Grund und Fundament des Bürgerhauses darüber, den Menschen dienend und ihren Bedürfnissen, die niemand bestreitet – außer in Zeiten wie diesen, wo der Staat die wahre Bestimmung des Kellers, jenes unsichtbaren Teiles des Hauses unter der Erde, für seine Zwecke entdeckt hat.*

*Soll alles noch einmal von vorn anfangen? Wofür? Weswegen? Verhaftung, Strafe, Buße für Taten, die andere begangen haben, Freilassung weil erwiesen schuldlos, von neuem Verfolgung, Gejagtwerden, wieder Verhaftung, Strafe ... warum? »Ich habe mit meinem Mann telefoniert. Fahren Sie sofort nach Langfuhr zu einem Kollegen von ihm. Hier ist die*

*Adresse . . .« sagt Frau Groziecka. Und Ilse überlegt: Soll ich?
Soll ich nicht? Hierbleiben, warten auf die Verhaftung? Wäre
es nicht viel vernünftiger?
Aber noch einmal schnürt sie ihr Bündel, wandert nach Langfuhr ... Zwei Stunden später sind Beamte von der Staatssicherheit bei Frau Groziecka. »Soviel ich weiß ist Frau Bandomir längst nach Deutschland abgeschoben worden, deshalb
mußte sie ja hier weg«, sagte Frau Groziecka. Die Beamten
grüßen, gehen wieder. Wann werden sie vor der Tür des neuen
Asyls stehen?
Ilse geht kaum einmal hinaus, nur wenn es dämmert, wagt sie
einen Gang um die Häuser an der Halben Allee. Schnell und
heftig wechseln die Farben auf den Höhen rings um die Stadt,
und wo Eichendorff seinen Taugenichts erfand, wo er ihn
durch Tag und Traum spazieren läßt, werden die Wälder licht
und weiß, der Seewind weht schärfer, Nordnordost, und treibt
von Kurland her die Heringsschwärme in die Bucht.*


TAGEBUCH DER ILSE BANDOMIR

Meine »Flucht« erweist sich mehr und mehr als Vorteil für
mich. Ich habe bei den Łuczaks Peter, etwa zwei Jahre, zu
besorgen, und einen Säugling, die Hausarbeit verrichtet ein
polnisches Mädchen, die Wohnung ist größer, ich habe eine
eigene Kammer, bekomme 1800 Złoty und »richte mich ein«.
Worauf? Das ist die Frage. Alle Vorgänge zwischen den Äm-
tern dauern schleppend lange. Aber Dr. Łuczak ist Rechtsanwalt und hilft mir bei allen Schriftsätzen; er meint, so schnell
hätten die Behörden noch nie gearbeitet wie in meinem Fall,
ob ich mich irgendwelcher Gunst erfreue? Die Wróblewska,
vor das Vormundschaftsgericht in Zoppot geladen, hat erklärt,
sie gebe das Kind nicht freiwillig her. Also klage ich nun beim

Landgericht in Danzig – und bin noch immer ohne polizeiliche Anmeldung. Und immer neue Schwierigkeiten. Bald fehlt das Armenattest, das man mir verweigern will, bald will man mir die Prozeßfähigkeit ab- oder gar nicht zuerkennen, die Klage stockt, dann macht Dr. Luczak dem Gericht begreiflich, daß der betreffende Paragraph vielleicht auf Besitz anwendbar wäre, niemals aber auf ein Kind – mein Kind, das mir Tag und Nacht vor Augen ist. – Immer wieder sehe ich es auf dem Tisch tanzen, ich höre das Lied, ich höre es – und sehe ihn tanzen, Tadek, meinen Jungen, Jürgen – und je besser die äußeren Bedingungen sind, unter denen ich lebe, umso schlimmer sind meine Träume.

*Weihnachten kommt – Ilse Bandomir ist dem Wahnsinn nahe. Das zweite Weihnachten fern von ihren Kindern, im fremden Land. Wolf und Christa warten in Deutschland, Achim ist mit seiner Pflegemutter verschollen, und Jürgen, ihn darf sie nicht aufsuchen. Sobald sie die Schwelle des Hauses, in dem er lebt, überschreitet, muß sie gewärtig sein, daß eine Pistole sich auf sie richtet und eine Stimme sagt: »Kommen Sie mit!« Sie weiß, daß sie dann nicht mehr wiederkäme – und bleibt in ihrem Versteck, wartet auf den Gerichtstermin. Die Mächte, die ihr Schicksal bestimmen, haben den 12. März dafür vorgesehen. An diesem Tag wird das Gericht entscheiden, ob das Pflegekind der Frau Wróblewska rechtmäßig das Kind der Ilse Bandomir ist und ihr – entschädigungslos für die Pflegemutter – zugesprochen werden muß oder nicht.*

## TAGEBUCH DER ILSE BANDOMIR

Ich hatte nicht damit gerechnet, daß Angst gegen Angst steht: meine Angst, mein Kind zu verlieren – wenn das Gericht für Frau Wróblewska entscheidet – gegen die Angst der anderen, daß sie keinen Złoty erhält, wenn sie Tadek-Jürgen herausgeben muß. Mein guter Engel, der Zivilbeamte von der Miliz, ist zu Frau Wróblewska gegangen und hat ihr klar gemacht, wie gering ihre Chancen seien, das Kind zu behalten, und ein Treffen im Pfarrhaus von Zoppot arrangiert. Ich eile dorthin – gegen alle Bedenken, dies könnte eine Finte sein. Bis zu dem Augenblick, wo ich ein Kinderstimmchen im Amtszimmer des Pfarrers höre, habe ich keine Ahnung, was mich erwartet, weiß nur, daß Frau Wróblewska mich zu sprechen wünscht. Wir treten uns gegenüber, ich höre ihre Forderung: 3000 Złoty, ziehe wie auf einem Kälbermarkt meine Brieftasche und blättere ihr Schein um Schein hin. Sie geht nach nebenan, ich höre sie weinen, sinnlos immer wieder sagen, stammelnd, schluchzend, sie liebe ihn mehr als ihr eigenes Kind. Ich vernehme ihre Liebkosungen, mit denen sie sich von ihm verabschiedet – – –

*Am 12. März 1947, auf den Tag genau zwei Jahre nach dem Einzug der Russen in Sobowitz – der Termin findet auf Anraten der Rechtsanwälte statt, damit für die klagende Partei die Ausreisepapiere beantragt werden können –, wird Ilse Bandomir unter Anwesenheit von vier Zeugen: dem Kutscher Kropidlowski, Tscheslawa Rschepetzka, Grete Lewitzka und Frau Urbanowski, sämtlich wohnhaft auf dem Staatsgut Sobowitz, Mirau und Saleschke, der Pflegesohn der Stefka Wróblewska, mit seinem tatsächlichen Namen Jürgen Bandomir, als ihr rechtmäßiges Kind zugesprochen. Gegen Jadwiga Rekowska, unbekannt verzogen, erläßt das Gericht*

*steckbriefliche Fahndung. Ilse Bandomir wird auferlegt, bis zu ihrer amtlichen Ausweisung mit ihrem Sohn Jürgen ins sogenannte Narvik-Lager bei Danzig überzusiedeln.
Dort, wo zehntausende von Deutschen vor ihr auf die Abfahrt gewartet, gehungert, gelitten haben und gestorben sind, in einen Barackenraum ohne Betten oder auch nur Pritschen, man schläft auf dem blanken Boden, wird sie mit Jürgen gepfercht. Sie läßt sich für den allerletzten Transport vormerken, die Hoffnung nicht aufgebend, daß Jadwigas Aufenthalt ermittelt und Achim ihr doch noch zugesprochen wird. Vergeblich harrt sie so weitere drei Monate aus, die Fahndung verläuft, vorläufig jedenfalls, negativ, Jadwiga und Achim bleiben verschwunden.*

*Am 17. Juli 1947 rollt ein Eisenbahnzug nach Deutschland. In einem leeren Viehwaggon hinter den Personenwagen, auf einem Strohbündel, sitzt eine Frau, eine schmale Gestalt, kein Mensch könnte sagen wie alt. An zwei Haken im Innern des Waggons hat sie hängemattenartig eine Zeltbahn befestigt. Die Zeltbahn schaukelt leicht hin und her. Ein Kind liegt darin, sein blonder Haarschopf ist im Dunkel erkennbar.
Die Frau blickt auf den schmalen Ausschnitt der Landschaft, die zwischen den nur halb zugerollten Waggontüren vorbeifliegt: einen Baum, eine Wiese, ein Feld. Polnischer Korridor hieß das, als ich ein Mädchen war, denkt die Frau.
In einer Stunde, in zwei wird der Zug die Oder überqueren. Die Frau erinnert sich an das hohle Rauschen über den Brückenpfeilern, als vor ewigen Zeiten ein Zug auf dieser Strecke sie in entgegengesetzter Richtung in das Land ihrer Jugend fuhr, aus dem sie jetzt kommt.
In weiteren fünf Stunden wird der Zug Berlin erreicht haben. Dann werden die Brandmauern der Vorstadthäuser aufsteigen am Bahndamm, der Rhythmus der Schienenschläge wird*

*wechseln und ein neuer Rhythmus hochschlagen, der sich in ihr bis zum Schmerz steigert: Schmerz, gemischt aus Zurückgekehrtsein und Wiedersehensfreude, halber Genugtuung, halbem Sieg und aus Müdigkeit, Müdigkeit ... Denn der Kampf, den sie bestehen muß, dunkel weiß es die Frau, ist nicht zu Ende.*

VIERTER TEIL

# IM KREIDEKREIS

*Das Dorf liegt am Wald, auf einer Art Hochplateau, zu dem die Straße in Serpentinen aufsteigt. Es gibt viele solcher Dörfer auf der Schwäbischen Alb. Wer an Regentagen hier entlangfährt, wird von melancholischen Stimmen heimgesucht: kilometerweit als Wegbegleiter der schwarze Forst, leergefegt wie eine Tenne, von der die Stämme aufsteigen, die Teerchaussee ein schmaler Riß darin, über dem die Baumkronen zusammenschlagen. Rauschend stürzt der Regen herein wie durch ein Leck. Hinter den Gittern von Regen und Wald eine Sägemühle – unten, an der ersten Kurve. Man hört das hochziehende Geräusch der Sägeblätter, wenn sie durch den Stamm eines Baumes geglitten sind, Luft, Leere, das Nichts zermalmend, ein beunruhigender hoher Ton läuft die Serpentine hinauf, an der Waldwand sich brechend, dann frißt sich die Säge von neuem ins Holz.*

*Heute ist Sonntag, ein Sonntag im Jahre 1955. Die Mühle liegt still. In der letzten Kurve aber, bevor das Plateau mit dem Dorf und den Einödhöfen dahinter beginnt, werden Stimmen hörbar, singende Stimmen, von einem Harmonium geführt. Die Stimmen kommen aus einem Haus, das an den Hang gelehnt steht. Es ist das frühere Armenhaus der Gemeinde. Jetzt wohnen Flüchtlinge darin. Unten ein pensionierter Lehrer, die Sänger – Mitglieder einer Sekte – sind bei ihm versammelt.*

*Oben wohnt eine gewisse Frau Bandomir mit ihren Kindern.*

CLÄRE · *in der Küche hantierend* · Diese Singerei kann einen ganz fummlig machen · *Sie schließt die Tür zum Flur. Ruft ins Nebenzimmer* · Ist der Tisch gedeckt, Christa?

CHRISTA  Schon zwölf?

CLÄRE  Gleich halb eins. Beeil dich.

CHRISTA · *beginnt Teller und Bestecke aufzulegen* · Wolf ist noch nicht da, Tante Cläre.

CLÄRE  Was muß der auch nochmal rüberfahren.

CHRISTA  Wegen Mathematik.

CLÄRE  Am Sonntag?

CHRISTA  Sie schreiben morgen eine Arbeit.

CLÄRE  Ich kann mir nicht denken, daß am Sonntag jemand greifbar ist.

CHRISTA  Ein paar sind immer im Internat.

CLÄRE  Mädchen?

CHRISTA  Auch. Aber keine, die ihn interessiert.

CLÄRE  Na, na.

CHRISTA  Wolf? Wüßte ich, Tante Cläre.

CLÄRE  Euer Vater war auch so ein Stiller.

CHRISTA · *wißbegierig* · Ja? Erzähl doch mal.

CLÄRE  Was soll ich da erzählen? Für Mädchen hatte er was übrig.

CHRISTA  Mutti erzählt nie davon.

CLÄRE  Bis Sobowitz hat sich das auch nicht rumgesprochen. Das lag für uns hinterm Mond, in der Kaschubei, tief drin.

CHRISTA  Aber warum ging er grade dorthin? Hatte er – hatte er's auf Mutti abgesehen?

CLÄRE  Er kannte sie gar nicht. Die ging ihm erst in Sobowitz auf, und auch nicht gleich, erst im zweiten oder dritten Jahr dort. – So, wir könnten jetzt essen.

CHRISTA  Und dann?

CLÄRE  Was: und dann? Ach, dein Vater? Dann war es die große Liebe.
CHRISTA  War Mutti – in deinen Bruder oder er zuerst in sie verliebt?
CLÄRE  Ich war nicht dabei. Frag sie doch selbst, wenn du's genau wissen willst.
CHRISTA  Mit Mutti kann man nicht darüber reden. – Ob sie schon in Warschau ist?
CLÄRE  Dann müßte sie geflogen sein. Der Zug fährt erst so gegen 10 von Berlin weg.
CHRISTA  Ich geh mal schnell zur Kurve hinauf, da seh ich unten den Weg – ob Wolf jetzt kommt.
CLÄRE  Aber beeil dich. Und ruf Jürgen · *Christa geht hinaus. Man hört sie draußen im Gang rufen: Jürgen!*
JÜRGEN · *tritt ein*
CLÄRE  Da bist du ja, Jürgen.
JÜRGEN  Essen wir?
CLÄRE  Gleich. Wo hast du denn gesteckt?
JÜRGEN · *schweigt*
CLÄRE  Wieder bei diesen Leuten? Jürgen, Jürgen – du weißt doch genau, daß Mutti das nicht wünscht.
JÜRGEN  Mutti ist ja nicht da.
CLÄRE  Aber ich bin da und ich möchte, daß nichts anders gemacht wird – jetzt, wo sie verreist ist. – Gefällt es dir bei diesen Leuten so gut? · *Jürgen schweigt* · Wasch dir die Hände.
JÜRGEN · *dreht den Wasserhahn auf* · Du, Tante Cläre: was sind eigentlich Mormonen?
CLÄRE  Ich weiß auch nicht so recht.
JÜRGEN  Christen?
CLÄRE  Christen schon.
JÜRGEN · *sich die Hände waschend* · Weißt du, wo

der Große Salzsee liegt und die Rocky Mountains? Da sind die lang. Aber wenn sie irgendwo 'ne Weile war'n, sind sie wieder weitergezogen. Du, die haben alles im Stich gelassen. Mal sogar 'ne ganze Stadt, die sie gebaut hatten ... so alles liegen lassen, kann man das, Tante Cläre?

CLÄRE  Ich verstehe dich nicht.

JÜRGEN  Ich meine, weil's einem gehört ... Als wir zu Hause weggingen, da mußten wir doch weg. Aber die nicht. Die sind von selber gegangen.

CLÄRE · *am Herd* · So. Nimm mal die Schüssel da
*Beide gehen ins Wohnzimmer hinüber*

JÜRGEN  Da fehlt 'n Teller.

CLÄRE  Wieso denn? · *zählt ab* · Wolf, Christa, du – und ich.

JÜRGEN  Und für Achim?

CLÄRE  Achim – ach ja.

JÜRGEN  – hast du vergessen.

CLÄRE  Nein, ich nicht – Christa hat gedeckt.

JÜRGEN  Christa? Die weiß das doch · *Pfeifen draußen*

WOLF · *tritt ein* · Entschuldige die Verspätung, Tante Cläre.

CHRISTA · *hinterher, ganz außer Atem* · Feiner Kavalier – i c h muß das Rad wegstellen.

WOLF  Gehört es mir?

CHRISTA  Na warte, das war das letztemal, daß ich was verborgt hab.

CLÄRE  Christa, ich denke, ihr legt immer für Achim ein Gedeck mit auf?

CHRISTA  Ja – aber doch nur, wenn – wenn Mutti da ist.

CLÄRE  Was ist das für ein Unsinn, Christa. Auch wenn sie nicht da ist wird für Achim mitgedeckt. Eure

Mutter hat das so eingeführt – – – den vierten Platz. Also, gib noch einen Teller raus, Christa.

CHRISTA · *rührt sich nicht*

CLÄRE  Christa!

CHRISTA  Bitte nein, Tante Cläre.

JÜRGEN  Bist wohl verrückt, Christa.

CHRISTA  Ich habe mit Absicht für Achim nicht gedeckt.

CLÄRE  Mit Absicht?

WOLF  Eigentlich hat Christa recht, Tante Cläre.

CLÄRE  Bitte, leg den Teller auf und ein Besteck, Christa. Wie immer.

WOLF  Als wär Achim 'n Geist. Findest du das richtig, Tante Cläre? Wir sollten wirklich damit aufhör'n.

CLÄRE  Bitte, Christa. Oder muß ich es tun?

WOLF  Dienstlicher Befehl, Christa.

CHRISTA  Gut. Ich tu's · *sie geht zum Schrank, holt das fehlende Gedeck und legt es auf. Alle setzen sich*

CLÄRE  Wer betet? Jürgen?

JÜRGEN  Vater segne diese Speise, uns zum Dank und dir zum Preise. Amen.

CHRISTA · *schluchzt auf* · Verzeih, Tante Cläre · *geht hinaus*

JÜRGEN  Heulliese.

CLÄRE  Sei still, Jürgen · *Schweigen*

WOLF  Christa geht es eben genau so auf die Nerven wie mir.

CLÄRE  Die Nerven – übertreibst du nicht ein bißchen, Wolf?

WOLF  Möglich. Mir fällt's immer erst auf, wenn wir mit Mutter nicht allein sind. Oder wie jetzt – wo du da bist.

CLÄRE · *überrascht* · So ist das · *Alle schweigen* · Ihr solltet mal offen mit eurer Mutter sprechen.

WOLF  Hoffnungslos. Dabei ist es gar nicht so, wie sie meint – wenn jemand etwas gegen den vierten Platz sagt, daß er was gegen Achim sagt. Wir wollen genau wie Mutter, daß er hier wär bei uns.

CLÄRE  Ihr müßt eure Mutter verstehen.

WOLF  Tun wir, bestimmt, Tante Cläre.

CLÄRE  Warum begreift ihr dann nicht, daß sie alles versucht, um – um ihn zurückzubekommen.

WOLF  Begreifen wir ja. Wollen wir doch selbst.

CLÄRE  Na also.

WOLF  Bloß dieser vierte Platz – Achim kommt doch nicht d a d u r c h zurück.

CLÄRE  Gewiß nicht. Sie will ja nur, daß ihr immer an ihn denkt.

WOLF  Wie an einen Toten. – Lebt er so – auf einem leeren Stuhl?

CLÄRE  Sei vernünftig, Wolf. Ich werde mal mit eurer Mutter sprechen.

WOLF  Das änderst du auch nicht.

CLÄRE  Es kommt drauf an, was sie in Warschau erreichen wird.

WOLF  Wie oft hat sie schon geglaubt, daß sie was erreicht – – –

CLÄRE · *scharf* · Was weißt du davon? Es könnte ja auch z w e i leere Plätze hier geben. – Jürgen, mein Kleiner; ich sehe, dir schmeckt's.

JÜRGEN  Mir schmeckt's immer, Tante Cläre.

WOLF · *nachdenklich* · Vielleicht ändert Mutti es doch, wenn – wenn sie aus Warschau zurück ist ...

*Das Rollen von Eisenbahnrädern, aus dem Ilses Selbstgespräch aufsteigt*
Die Oder ... Wir sind hinter der Oder. Der Zug fährt, kein Traum. Es ist Ende März. Auf Tümpeln und Flüssen taut das Eis.
*Sie hört den Kellner durch den Gang rufen: Parówki! Parówki!*
Heiße Würstchen ... Oh ja, ich werde heiße Würstchen essen ...

> ILSE · *zum Kellner* · Hallo, bitte. Einmal heiße Würstchen!
> *Der Kellner reicht ihr das Verlangte.*
> ILSE  Was kostet das? · *Der Kellner versteht nicht* · Verzeihung ... Ile to Kosztuje?
> KELLNER  50 Złoty, proszę pani.
> ILSE  Fünfzig Złoty ... Proszę · *Der Kellner entfernt sich*

Heiße Würstchen? Eigentlich habe ich jetzt gar keinen Appetit. Ich wollte bloß wissen, ob ich sie bekomme. Vor zehn Jahren – heiße Würstchen! Wenn ich vor zehn Jahren heiße Würstchen verlangt hätte ...
*Ruf des Bahnbeamten von draußen: Kunowice – Kunowice.*
Kunersdorf · *unsicher* · ... Schlacht bei Kunersdorf? Siebzehnhundert – – – Wie sagte Papa? ... 1759. Zu merken, mein Kind! Es war die größte Niederlage Friedrichs. Alles ist verloren, schrieb er am Abend vom Schlachtfeld nach Berlin ... Und trotzdem ging es weiter.
*Ruf des Bahnbeamten von draußen: Rzepin – Rzepin.*
Reppen in der Neumark ... Hier bin ich mal ausgestiegen. Eine unserer Haustöchter stammte von hier. Wie hieß sie doch?
*Der Bahnbeamte: Swiebodzin – Swiebodzin.*
Schwiebus, natürlich.

*Der Bahnbeamte: Zbaszynek – Zbaszynek.*
Neu-Bentschen ... hier war die Korridorgrenze. Nicht für uns, wir fuhren die Konitzer Strecke, über Firchau. Fünf Häuser, ein paar Höfe ... aber alle D-Züge mußten halten. – Ich fahre. Ich träume nicht. Ich fahre wieder ... In einer Stunde werde ich in Posen sein.

> ILSE  Poznań. Verzeihung, Herr Schaffner. Wann sind wir in Poznań? In einer Stunde, nicht wahr?
> SCHAFFNER  11 Uhr 52.
> ILSE  Wie lange dauert der Aufenthalt?
> SCHAFFNER · *sieht in seinem Kursbuch nach* · Richtung Warszawa. Abfahrt Poznań 12 Uhr 10.
> ILSE  Danke. Nein, es reicht nicht – Dziękuję bardzo. Vielen Dank.

Zu kurz die Zeit, um ihn aufzusuchen, den Dr. Bronek, m e i n e n Dr. Bronek. Vielleicht hätte ich ihn an die Bahn bitten sollen? Aber weiß ich nicht alles, was ich wissen muß? Er kennt jede Einzelheit. Jede ... Bis ... bis auf den Brief aus Sobowitz ... Kropidlowskis Brief ... *Sie atmet tief auf, lehnt sich zurück; glücklich* · Er ist dagewesen. Nach Sobowitz ist er gefahren – Achim! Er wollte sehen, an Ort und Stelle sich überzeugen: von hier stamme ich, hier hat sie mich zur Welt gebracht, meine Mutter Ilse Bandomir ... Seine Zweifel haben ihm keine Ruhe gelassen ... »Das Gutshaus – im rechten Flügel, ersten Stock, das dritte Fenster, das ist das Kinderzimmer gewesen, sagen Sie? Wie ist Ihr Name? Kropidlowski? Und Sie haben mich erkannt? Als ich drei Jahre alt war, haben Sie mich aufs Pferd gehoben? Heute bin ich fünfzehn – und da wollen Sie mich wiedererkennen – ah, weil ich meinem Vater ähnlich sehe!? Täuschen Sie sich nicht? Bestimmt nicht? Hier soll ich aufgewachsen sein, hier gespielt haben –

und weiß nichts? Keine Stunde aus diesem Leben? Und wer sind Sie denn? Tscheslawa, so. Mein Kindermädchen, ha! Ihr könnt einem viel erzählen. Wer's glaubt, wird selig!«
*Ilse seufzt*
So hat er gesprochen. Bestimmt hat er so gesprochen, das sind seine Gedanken gewesen. Und ihr habt sie nicht erraten? Habt ihn nur angestarrt, habt nicht gesagt: »Bleiben Sie! Kommen Sie!« O Tschecha, warum hast du ihm nicht gesagt: »Zeigen Sie Ihren Arm, den rechten Arm, junger Herr! Da ist eine Narbe –« Warum habt ihr nicht daran gedacht? · *triumphierend* · Nun werde ich's ihm sagen: »Zeig deinen Arm, da ist der Beweis!« · *Das Rollen der Räder über den Schienen drängt sich in ihre Gedanken* · Nichts für ungut, Dr. Bronek, auf der Rückfahrt, da suche ich Sie schon auf. Wenn ich mit Achim gesprochen habe und wenn · *sie stockt* · Angst? Lieber Dr. Bronek, was soll schief gehen? Ich habe ein ordentliches Visum, kann sogar ein paar Tage bleiben – und warten, wenn es sein muß, ich habe genügend Geld mit ... Diese Reise, oh, die habe ich gut vorbereitet ... ich hatte ja Zeit dazu. Ich habe gearbeitet, gespart ... Fragen Sie den Sägewerksbesitzer, jeden Tag bin ich nach Feierabend runter zur Mühle, habe Kienholz gespalten, es zu Bündeln geschichtet, Draht rumgedreht – fünfzehn, zwanzig Bündel jedesmal, macht zwei, drei Mark, immerhin, es läppert sich zusammen ... und zwei Bauernstellen habe ich, wo ich zur Hand gehe, macht pro Woche auch an die dreißig Mark, und die Milch dazu und das Brot und Geräuchertes ab und an ... Für alle hat es gereicht, das habe ich geschafft. Und abends die Briefe ... Ich will sie nicht zählen ... Und die Gänge, die Gänge alle, seit 1947, als ich zurückkam aus Zoppot ... ich oder vielmehr das Häufchen Elend, das ich war. Ruh dich aus, Ilse, gib nach, haben sie alle gesagt ... Ja was wäre dann geworden, wenn ich's getan hätte, wenn ich nicht gelaufen wäre, von Pontius zu Pilatus gelaufen;

was wäre geworden, wenn ich nicht gleich angefangen hätte, die Kinder zu erziehen? Nach Süddeutschland sind wir umgezogen, damit sie aufs Internat konnten, gebüffelt habe ich mit ihnen, und sie haben sich ihre Freistellen verdient, wie ich mir über all die Jahre hin das Recht erdient habe, heute fahren zu können ... nach Warschau. Warschau! Ich habe mir einen Stadtplan besorgt, von der neuen Stadt ... und bin durch die Straßen gegangen, die Marszalkowska hinunter, die Pularskisstraße hoch bis zur · *sie stockt* · wo er wohnt, Achim ... wo sie wohnt – Jadwiga Rekowska.
Ihr Verdienst, Dr. Bronek, daß wir sie fanden. Glauben Sie, daß ich allein soweit gekommen wäre, von Deutschland aus? · *bitter* · Deutschland ... Wer antwortete damals schon einer Deutschen? – – – Wer antwortete, wenn sie schrieb wie ich ...

An Frau Groziecka, Zoppot, Ulica Morska.
Sehr geehrte Frau Groziecka. Wäre es möglich, daß Ihr Gatte noch einmal beim Landgericht nachfragen könnte, ob das gegen Fräulein Rekowska in Abwesenheit eröffnete Gerichtsverfahren noch läuft? Wenn nicht, warum es ausgesetzt wurde, und welche Schritte meinerseits notwendig sind, um es von neuem einzuleiten? –
Keine Antwort.

An den Herrn Staatsanwalt des Landgerichts I in Gdansk.
... möchte ich mich erkundigen, ob die von Ihnen angeordnete steckbriefliche Suche nach der polnischen Staatsangehörigen Jadwiga Rekowska und meinem von der Genannten entführten Sohn Joachim Bandomir genannt Stas zu einem Ergebnis geführt hat ...
Keine Antwort. –

An das Internationale Rote Kreuz in Genf.
Als ehemalige polnische Staatsangehörige wende ich mich an Sie, hochgeehrter Herr Präsident. Mein Sohn, Joachim Bandomir, wurde 1946 von der Polin Jadwiga Rekowska entführt. Mein Sohn war mir von einem polnischen Vormundschaftsgericht in Zoppot zuvor rechtskräftig zugesprochen und übergeben worden. Aufgrund des Mutterrechts, das im polnischen Gesetzbuch verankert ist ...
Keine Antwort. –

An den Landrat des Kreises Oldenstedt Regierungsbezirk Bremen.
Da Deutschland keine staatsrechtliche Vertretung besitzt, wende ich mich an Sie mit dem Ersuchen um Weiterleitung beiliegender Bittschrift an den Militärgouverneur der Britischen Besatzungszone.
Keine Antwort. –

An die United Relief and Rehabilitation Administration, UNRRA, Frankfurt am Main.
Sie haben Tausende von verschleppten Polen repatriiert. Bitte repatriieren Sie meinen Sohn Joachim aus Polen. Der Gesuchte ...
Keine Antwort.
Nie eine Antwort.
All diese Briefe – ich hätte sie anstatt der Post ebensogut dem Wind übergeben können – alle diese Eingaben, diese Bittgesuche, die Hoffnungen, die sich damit verbanden. Bis eines Tages jemand sagte: »Haben Sie schon mal an das Hilfswerk geschrieben? Das Hilfswerk der Evangelischen Kirche? Da gibt es eine Rechtsschutzstelle für Deutsche im Ausland ...«

RECHTSANWALT  Sehen Sie, Frau Bandomir, unsere Rechtsschutzstelle – – –
ILSE · *müde* · Ich weiß, ich weiß.
RECHTSANWALT  Was wissen Sie?
ILSE · *schnell, wie eingelernt* · Ich habe drei Kinder. Ich sollte mich zufrieden geben. Ist es denn erwiesen, daß das vierte in Polen wirklich das gesuchte ist? Gut, es ist erwiesen, aber was nützt es, meine Forderungen sind utopisch, außerdem komme ich zu spät ...
RECHTSANWALT  Ja, es ist spät. Diese Rekowska wird alles getan haben, um ihre Spur zu verwischen. Ich kenne aber in Posen einen Rechtsanwaltskollegen, einen Studienfreund aus Berliner Tagen, Dr. Bronek. Den werde ich mal fragen, ob da was zu machen ist ...


Aber ein Sommer verging. Fünf Uhr aufstehn, die hellen Taganfänge im Wald, wenn ich zum Melken gehe. Futterkartoffeln, Wäsche, Hausputz bis zum Mittag. Essen, hinüber zum Walserhof, dort meine zwei Stunden abgespult, über die Felder nach Hause, Ordnung gemacht, Sonntag vorbereiten – wenn ich mit den Kindern zusammen bin, sollen sie es schön haben. Ich habe Sobowitz perspektivisch gezeichnet, wie man es von oben sehen würde, mit allen Einzelheiten, das Gutshaus, die Ställe, Gärtnerei, Leutehäuser, es wird eine Überraschung ... Schlag fünf, die Arbeiter kommen aus der Sägemühle. Mit dem Rad hinunter, Holz spalten, bündeln ... Um halb sieben falle ich mehr als ich gehe die Stufen hinauf in meine Wohnung. Nur ausruhen, stilliegen, denke ich. Nach einer Weile erscheint es mir lächerlich, wie eine Tote da zu liegen. Wo ist denn mein Wille: nicht nachgeben!? O du lieber Gott, ich werde mir mein Kind holen, mit Klauen und Zähnen, wenn es sein muß, ich bin seine Mutter, es hat ein Recht auf

mich, hat ein Recht, hier zu sein, bei seinen Geschwistern. Ich erhebe mich, ziehe die Lampe herunter: Eingaben, Lastenausgleichsgeschichten, Schriftsätze für Dr. Bronek. Was täte ich ohne seine Hilfe. Unablässig fordert er neue Einzelheiten an, beschwichtigt, tröstet ... Das spürt man durch alle juristischen Formeln hindurch, die er gebraucht ...
»Wir werden Erfolg haben, keine Sorge ... Gegen alle Spitzfindigkeit ... Aber ich muß zunächst die Ochsentour gehen. Erst wenn alle Möglichkeiten in den unteren Behördenbereichen erschöpft sind, kann ich mich an das Oberste Gericht wenden ... Ich werde dieses Unrecht, das man Ihnen zugefügt hat, nicht dulden. Nicht allein als Jurist, als Pole. Ich werde Achim von dieser Frau trennen, werde, wenn Sie, Frau Bandomir, nicht selbst herkommen können, falls Sie kein Visum erhalten, Ihnen Ihr Kind bis zur Grenze entgegenbringen ... Geduld ...«
Ja, Geduld!
Monatelang keine Zeile aus Posen. Auch mein Stuttgarter Anwalt rührt sich nicht.
August.
Nichts.
Oktober.
Geduld, Geduld, Geduld ... Tausend Zweifel melden sich. Waren es am Ende doch nur schöne Worte, leere Versprechungen, denen ich aufgesessen bin? Weshalb aber dieser ganze Aufwand? Beschwichtigungstaktik? O ja, ich weiß: Zeit deckt alles zu, Zeit heilt alle Wunden!? · *hart* · Nichts deckt sie zu, nichts heilt sie.
Manchmal denke ich, es ist zuviel, ich reagiere nicht mehr normal. Fordere ich zuviel?
Ob die Kinder das auch denken?
Jedesmal, wenn ich drüben bin im Internat, fühle ich mich bedrückt. Aber es sind wahrscheinlich nur die Ausmaße der alten Abtei, graue Mauern, eine Burg, Proportionen, die

überwältigen, der Innenhof allein, da hat ein ganzes Dorf Platz. Diese Maße – wie gut, daß die Kinder hier aufwachsen. – Christa steht besser als Wolf, aber er kommt mit. Sein Ordinarius fragt vorsichtig, ob familiäre Spannungen vorliegen, der Junge sei oft merkwürdig abwesend. Das wäre, sobald er ins Abitur geht, bedenklich. Er habe den Eindruck, daß Wolf ein Problem beschäftigte, mit dem er nicht fertig würde. Bin ich das Problem? Fasse ich sie zu scharf an, richte ich sie zu sehr aus, meine Kinder, auf diesen einen Punkt?

> ILSE Interessiert dich das nicht, Wolf?
> WOLF Aber natürlich, Mutter!
> ILSE Also die unteren Gerichtsbehörden sind es, die Schwierigkeiten machen. Hörst du zu, Wolf?
> WOLF Ja, Mutter. – Wie alt wäre Achim jetzt?
> ILSE Wie meinst du das: wie alt er w ä r e ?
> WOLF Nur so ...

War es unabsichtlich oder absichtlich gesagt: wie alt er w ä r e ? Ist Achim für Wolf gar nicht vorhanden? Was geht in ihm vor? –

Dann August 55. Dr. Bronek hat Eingabe an den Staatsrat in Warschau gemacht. Generalbeschwerde über die Säumigkeit und den passiven Widerstand der unteren Gerichtsbehörden. Ganz am Rand: mein Fall. Doch unübersehbar. Sehr geschickt. Gewissermaßen durch die Hintertür ins Allerheiligste – wenn dieser Ausdruck kommunistisch vertretbar ist.

Endlich dann, Ende Oktober – – –

DR. BRONEK AN ILSE BANDOMIR

Sehr geehrte Frau Bandomir. Ich bin in der glücklichen Lage, Ihnen heute ein gewisses Ergebnis meiner Bemühungen vorlegen zu können. Gottes Mühlen mahlen langsam, auch in Polen. Nun hat meine Eingabe an den Staatsrat in Warschau doch einen ersten Erfolg gezeitigt. An die Miliz in Zoppot ist von allerhöchster Stelle Befehl ergangen, nach Fräulein Jadwiga Rekowska aufs Neue zu fahnden. Da der Auftrag von Warschau kommt, kann er durch keine Mittelsperson mehr verhindert, um nicht zu sagen sabotiert werden. Die Ermittlungen allerdings, wie ich inzwischen höre, gestalten sich schwierig, da zu befürchten ist, daß Fräulein R. unter falschem Namen irgendwo in der Provinz lebt. Ich selbst habe den Eindruck, daß unserer Regierung daran gelegen ist, den Fall geklärt zu wissen ... und daß man darüberhinaus der Schuldigen habhaft zu werden wünscht, die die Angelegenheit immer wieder zu verschleiern trachten ...

15. Januar 1956
Die Gesuchte ist gefunden. Sie heißt jetzt Potowska und lebt unter kümmerlichen Verhältnissen in Warschau, Ulica Marczinkowska 183. Es wird nun in Kürze in Zoppot ein Verhör stattfinden, zu dem Frau Potowska (sie hat zum Schein geheiratet und sich dadurch den neuen Namen verschafft) mitsamt Pflegesohn Stas, also Ihrem Sohn Joachim, wenn nötig mit Polizeigewalt gebracht wird. Erst nach diesem Termin kann die Sache gerichtlich bearbeitet werden.

20. Februar 1956
Der Termin hat stattgefunden. Leider bin ich nicht benachrichtigt worden. Sehr bedauerlich – denn wäre ich zugegen gewesen, hätte die Potowska gewisse Behauptungen gar nicht aufstellen können.
Ihr Pflegesohn Stas – und das ist ohne jeden Zweifel Joachim – besucht die Morczkowska-Schule, er ist ein intelligenter, strebsamer Junge, der sich – das Protokoll des Verhörs liegt mir

vor – bedingungslos vor seine Pflegemutter stellt. Es erscheint nun angebracht, daß die kommende gerichtliche Auseinandersetzung sich nicht allein zwischen Frau Potowska und den Behörden abspielt – denn natürlich wird sie Gründe finden, die aus polnischer Sicht der Angelegenheit ihr Verhalten plausibel erscheinen lassen. Ich rate Ihnen deshalb, sofort nach Warschau zu fahren und in einem Gespräch mit Ihrem Sohn, der jetzt fünfzehn Jahre alt ist, direkt zu ermitteln, ob eine Bereitschaft vorhanden ist, zu Ihnen nach Deutschland zurückzukehren... Aus der polizeilichen Vernehmung zu schließen, zeigt der Junge angeblich dazu keine Neigung.

Das will natürlich gar nichts besagen. Wiederum verspreche ich mir sehr wenig davon, wenn i c h den Versuch unternehme, ihn umzustimmen. Wenn er seiner wirklichen Mutter gegenübersteht, wird er sich nicht verleugnen und nicht lediglich das wiedergeben können und wollen, was man ihm eingeredet hat. – Ich habe Sorge getroffen, daß das Gespräch an einem neutralen Ort stattfinden kann. Die Schulleiterin der Morczkowska-Schule hat mir zugesagt, es zu ermöglichen. Gehen Sie deshalb nicht zuerst zu Frau Potowska, sondern zu Fräulein Harasiewicz, die – unschätzbarer Vorteil für uns – das besondere Vertrauen Achims besitzt.

Ich lege so großen Wert auf Ihre Begegnung mit Achim. Einmal brauche ich das Ergebnis Ihrer Reise, um den Gerichten klarzumachen, wie die Dinge tatsächlich liegen. Ich muß erreichen, daß jetzt schnell entschieden wird, damit die Angelegenheit nicht wieder in endlosem Instanzenweg verschleppt werden kann. Zum anderen: sollte Achim voller Widerstand bleiben – was ich nicht annehme –, müssen wir unter allen Umständen versuchen, die Aufhebung der Adoption, die rechtmäßig – wenn auch unter falschen Bedingungen – erfolgt ist, noch vor seinem achtzehnten Lebensjahr zu erreichen. Danach wird Achim mündig und kann nach polnischem Gesetz Ihnen nicht mehr zugesprochen werden. Er kann praktisch dann gehen, wohin er will ...

*Ilse wiederholt den letzten Satz siegessicher, spöttisch* · Gehen wohin er will ... Und wo will er hin? Wohin ginge er, wenn er dürfte? Noch v o r seinem achtzehnten Jahr? Lieber Doktor Bronek, dieser Brief hier in meiner Tasche, dieser Brief aus Sobowitz beweist es doch ...

JOSEF KROPIDLOWSKI AN ILSE BANDOMIR

... er ist dagewesen. Gestern sind wir gerade beim Mittag, da hör ich ein Auto. Ich mache auf, ein junger Mann steigt raus und ich denke gleich: der gnädige Herr, jedenfalls ihm wie aus dem Gesicht geschnitten. Gleich sag ich zu meiner Frau, noch ehe er ein Wort sagt: »Geh, hol die Tschecha!« Erst dann frag ich, was er will, natürlich ist er verlegen. Will wissen, ob dies das Gut ist, wo Leute namens Bandomir gewohnt haben und die Eltern von Frau Bandomir, Baron von Briesen usw. Ich sag, reden Sie nicht, jeder der Sie sieht, wird sagen, daß Sie der Sohn sind von Frau Bandomir. Er wird rot. Fragt: »Frau Bandomir? Das habe ich nicht gesagt. Ich will bloß wissen, ob das Sobowitz ist und wie es aussieht —« und Tschecha – da kommt sie schon an und ruft: »Der Junge! Jesus Maria Josef, der junge Herr!« Er starrt sie an, als wäre sie ein Geist, darauf stürzt er zur Taxe, als fürchte er sich, und fort. – Frau Bandomir, von denen, die Ihre Kinder kennen und die ihn sahen, zweifelt keiner: er war es ... Wir glauben, er hatte es eilig. Da niemand mit ihm kam, nehmen wir an, er ist heimlich hier gewesen, ohne Wissen seiner Aufsichtsperson. Dies teilt Ihnen getreulich mit Ihr Josef Kropidlowski.

*Noch einmal das Rollen der Eisenbahn, das in der Ferne über den Schienen verebbt*

*Und da liegt Warschau. Es ist Ende März, und von der Weichsel her, auf der sich die Eisschollen losreißen, haucht der Winter einen letzten Frostschein über die Turmsilhouetten des Stadtkerns, legt die Patina mittelalterlicher Geschichte über die frischen Farben neuer Adelspaläste, die aus der Steinwüste des Aufstands sich erheben, als wären sie nicht untergegangen, sondern hätten unter dem Schutt ein reines, makelloses Dasein geführt, König Kasimirs Palast und die Paläste der Radziwills, Raczynskis und Potockis. Man hat gehört, dies alles sei dahingesunken unter Bomben und Granaten und den Rufen der Sprengkommandos ... deutschen Bomben, deutschen Granaten, deutschen Rufen ... unwiederbringlich dahin ... und nun hat Polens Kraft, aus den weiten Ebenen hier zusammengeströmt, es wieder aufgebaut und unter den leeren Himmel gestellt.*


*Ilse Bandomir geht durch die Straßen von Warschau ...*
Und er, er hat es miterlebt, er hat gesehn, wie die Trümmer des Ghettos sich verwandelten zu Geschäftshäusern, Ladenstraßen, Plätzen und Gedenkstätten mit Kerzen und Rosenkränzen, auch zu jenem Wolkenkratzer, den eine Riesenhand an die Weichsel gehoben zu haben scheint, dreißig marmorne Stockwerke, und an der Seite Jadwigas ist er die dreißig Stockwerke hinaufgefahren und hat über Polen geblickt, nach Osten, wo der Bug diesem Land die Grenze setzt, und nach Westen, wo die Oder fließt. Mit Jadwiga ist er durch diesen Park gegangen, hier am Fluß, mit Jadwiga in diese Kirche eingetreten. Die Portale stehn offen, ich sehe den Altar leuchten ... · *Ihre Schritte hallen auf dem Pflaster wider* · Und diese Schule besucht er ... · *sie liest* · Szkola Morczkowska ... Jeden Tag geht er morgens um 8 Uhr mit seinen Kameraden Pjetrek, Andrew, Dominik, Witek und

wie sie alle heißen mögen, durch dieses Tor ... diese ausgetretenen Stufen hinauf in den roten Ziegelbau hinein ... und verläßt ihn mittags um eins.

    ILSE  Bitte, kann ich die Schulleiterin sprechen?
*Die Klingel schellt zur Pause. Kinder schwirren über die Gänge*
    SCHÜLER  Fräulein Harasiewicz? Ich werde Sie anmelden. Bitte, hier, diese Tür.
*Ilse betritt das Lehrerzimmer*


Fräulein Harasiewicz, eine Frau in meinen Jahren und mir – ich bange ein wenig darum – auf den ersten Blick sympathisch, zeigt sich besser über den »Fall« unterrichtet, als ich annehmen konnte. Dr. Bronek hat ihr Fotokopien einiger Dokumente, die meinen Anspruch beweisen, ebenso den Zusprechungsbescheid der Zoppoter Stadtwohlfahrt geschickt. Überdies kann ich die Quittung über 8000 Złoty vorweisen, die ich für Pflegekosten an das Dom dziecka entrichtet habe. Kein Zweifel für sie, daß sie Achims Mutter vor sich hat. Aber wie steht es mit s e i n e n Zweifeln?


    SCHULLEITERIN  Ja, Frau Bandomir – ich kann nicht klagen über Staś! Ein kritischer Junge. Intelligent. Aber er erkennt nur an, was ist. Alles Hypothetische, Metaphysische ist ihm zuwider. Ich unterrichte ihn in Naturwissenschaften, das liegt ihm nun besonders.. und er ist von großer Wißbegier. Ja, er ist mir ein sehr lieber Schüler ... Dabei frei von jeder Spekulation, und sehen Sie, das mag auch der Grund sein,

weshalb er nichts wissen will von dieser Geschichte.
ILSE Ich kenne das Protokoll der Vernehmung. Aber ist e r das, der da spricht? Wirklich er? Nicht vielmehr seine Pflegemutter?
SCHULLEITERIN Daß sie Einfluß auf ihn hat, kann man sich ja denken. Und Stas ist sehr rücksichtsvoll – seine Pflegemutter bezieht eine geringe Rente und lebt mit ihm und dieser anderen Frau, die auch bei Jadwiga aufgewachsen ist, in bescheidenen, sehr bescheidenen Verhältnissen . . . Stas weiß sehr wohl, was sie entbehrt hat, seinetwegen – ganz im Gegensatz zu anderen Kindern, die sich keinerlei Gedanken über so etwas machen. Stas weiß wohl auch, daß er der Grund ist, weswegen sie alle von Zoppot nach hier gegangen sind. Und Frau Potowska ist nicht mehr jung.
ILSE Fünfundsechzig, meiner Rechnung nach.
SCHULLEITERIN Sehen Sie, um so mehr vermeidet er, sie zu verletzen – das ist mein Eindruck –, und sei es nur dadurch, daß er sich bereit zeigt, den Anspruch, den andere Menschen auf ihn erheben, überhaupt nicht anzuhören.
ILSE Trotzdem ist er Realist genug, um diesen Anspruch nachzuprüfen –
SCHULLEITERIN Ich verstehe nicht.
ILSE Da er nun einmal, mit der Pflegemutter vor die Miliz geladen, in Zoppot ist, macht er sich unter irgendeinem Vorwand von ihr frei, mietet sich eine Taxe und fährt dorthin, wo sein Geburtsort liegt – wie andere behaupten. Er will diesen Ort sehen, will selbst nachprüfen: was ist daran?
SCHULLEITERIN Wie? Stas ist auf Ihrem früheren Gut gewesen?

ILSE  Ja. Er hat sogar den Namen unseres damaligen Kutschers gewußt, hat ihn zu sprechen gewünscht... und das Kindermädchen von einst, das noch dort lebt.

SCHULLEITERIN  Wissen Sie das genau?

ILSE  Ich habe den Brief mit... einen Bericht darüber. Hier · *sie gibt ihr den Brief*

SCHULLEITERIN  Und diese Leute – haben ihn erkannt?

ILSE  Sofort. Er soll meinem Mann wie aus dem Gesicht geschnitten sein. Ich habe ein Foto meines Mannes mit. Hier – er ist 45 gefallen... Bitte, urteilen Sie selbst.

SCHULLEITERIN  Jaja. Da ist eine Ähnlichkeit, das könnte man sagen. – Und welche Wirkung hat die Tatsache, daß man ihn erkannte, auf Stas gehabt?

ILSE  Sie können es selbst lesen, Fräulein Harasiewicz. Hier, diese Stelle – lesen Sie...

SCHULLEITERIN  *liest* »... und Tschecha – da kommt sie schon an und ruft: ›Der Junge! Jesus Maria Josef, der junge Herr!‹ Er starrt sie an, als wäre sie ein Geist, darauf stürzt er zur Taxe, als fürchte er sich, und fort...« Nein, davon hat mir Stas, als ich mit ihm sprach – und wir haben unter vier Augen gesprochen – kein Wort gesagt.

ILSE  Aus Angst vor ihr, vor Jadwiga. Oder aus Rücksichtnahme, wie Sie sagen.

SCHULLEITERIN  Möglich · *mehr für sich* · Zutrauen möchte ich es ihm schon, daß er... in Sobowitz war... Aber wiederum: die Leidenschaft, mit der er jede Erörterung ablehnte... *zu Ilse* Wirklich ein Rätsel!

ILSE  Aber dies Rätsel kann gelöst werden, Fräulein Harasiewicz. Es muß gelöst werden.

SCHULLEITERIN  Ich werde ihn rufen.

... und sie geht hinaus. Ich höre ihre Stimme: »Stas Potowski, fünfte Klasse.« Ich höre, wie der Ruf sich fortpflanzt. Ein Lehrerzimmer, denke ich. Bald ist Versetzung. Eine Mutter sucht die Schulleiterin auf, um sich nach dem Stand ihres Kindes zu erkundigen: »Besteht Sorge, daß er nicht versetzt wird? Wo sind seine Schwächen? Französisch? – Nachhilfestunden... natürlich... Damit wird er es schaffen...« Ein bißchen gut Wetter machen, ein bißchen werben für ihn..., wie es jede Mutter tut, wenn sie mit dem Lehrer ihres Kindes spricht. – Ich mustere die Wand hinter ihrem Schreibtisch. Drei Bilder, Köpfe von Männern. In der Mitte Stalin, darüber eine Girlande, die den Sowjetstern trägt... rechts von Stalin ein bekannter Sowjetgeneral, auf den Namen komme ich nicht, links ein unbekanntes Gesicht – vielleicht der Generalsekretär Polens, aber nicht Gomulka... Gomulka sitzt im Gefängnis... Sein Bild hat vorher mal hier gehangen...

Ein Lehrerzimmer in Polen – das ist die Wirklichkeit: ich bin nicht wegen Achims Versetzung hier... ich warte nicht auf eine Zensur...

Doch, ich warte auf die Zensur, die mein Kind spricht... fünfzehn Jahre nach seiner Geburt...

ich warte auf den Spruch seiner Augen, seines Gewissens...
ich warte auf das Urteil.

*Die Schulleiterin tritt mit Stas ins Zimmer*

SCHULLEITERIN  Diese Dame, Stas, hat gewisse Beweise, daß du in Sobowitz bei Brontislawa auf die Welt kamst.

STAS  Sobowitz... Brontislawa...? Phhh –

SCHULLEITERIN  Sie hat Beweise, daß du drei Geschwister hast · *zu Ilse* · Wie heißen sie?

ILSE  Wolf, das ist der Älteste. Christa, das ist die Zweite. Der jüngste Bruder heißt Jürgen...

STAS Und von allen diesen... Geschwistern weiß ich nichts?

ILSE Du kannst nichts von ihnen wissen. Als du von ihnen getrennt wurdest, warst du etwas über drei Jahre, drei... ja, noch nicht vier warst du... Hier ist ein Bild von euch Kindern, damals auf Sobowitz.

STAS Ich will kein Bild.

SCHULLEITERIN Ich habe dich hierhergeholt, Stas, weil vor polnischen Gerichten ein Verfahren läuft.

STAS Ein Verfahren – sie soll aufhören, mir nachzustellen.

SCHULLEITERIN Ein Verfahren, wonach du dieser Dame rechtmäßig als ihr Sohn zugesprochen werden sollst.

STAS Wie – Sie sagen: rechtmäßig?

SCHULLEITERIN Stas, diese Dame hat Beweise, daß sie deine Mutter ist.

STAS · *erregt* · Ich bin nicht ihr Sohn. Das habe ich in Zoppot erklärt, als ich mit Mammza dorthin fuhr. Niemals bin ich Ihr Sohn. Niemals Deutscher. Ich bin Pole · *zur Schulleiterin* · Ich kenne diese... Frau nicht.

SCHULLEITERIN Es ist uns bekannt, Stas, daß deine Adoptivmutter genau so alles abstreitet wie du es tust. Aber sieh mal, Stas, damals war Krieg.

STAS Krieg, den die Deutschen gemacht haben.

SCHULLEITERIN Gewiß, Stas. Aber lassen wir das mal beiseite...

STAS Ich kann nicht, will nicht. Ich verachte die Deutschen.

SCHULLEITERIN Es ist Frieden, Stas. Die Völker können sich nicht ewig verachten, nicht ewig hassen.

STAS Aber lieben? Müssen sie sich lieben?

SCHULLEITERIN Es wäre besser, sie lernten es, statt

sich von neuem zu hassen. Hör zu – damals war Krieg. Viele Familien sind auseinandergerissen worden. Kinder haben ihre Eltern verloren, Eltern und Kinder, jeden hat es woanders hin verschlagen. Es sind die Folgen des Krieges, an denen wir alle noch tragen.

STAS   Ja. Und?

SCHULLEITERIN   Alle Menschen müssen versuchen, die Spuren des Krieges zu beseitigen. Die Toten kann niemand mehr aufwecken. Aber die, die am Leben blieben, Stas, und das sind wir alle, auch du – wir dürfen nicht dulden, daß neues Unrecht entsteht. Wenn man einer Mutter ihr Kind wegnimmt – oder einem Kind die richtige Mutter vorenthält, das ist Unrecht. Begreifst du das, Stas?

STAS   Sie will es beweisen. Wie?

SCHULLEITERIN   Es kommt dieser Dame nicht so sehr darauf an, es zu beweisen, als vielmehr dich zu überzeugen.

STAS   Nein. Nie – nie überzeugt sie mich.

SCHULLEITERIN   So? Aber Zweifel sind dir doch gekommen?

STAS   Zweifel?

SCHULLEITERIN   Ich höre, du bist in Sobowitz gewesen, dort, wo du herstammen sollst?

STAS   Ich? Von wem haben Sie das gehört? Von ihr? Sie lügt. Nie war ich dort.

SCHULLEITERIN   Bist du es nicht, der lügt, Stas?

STAS   Sie lügt. Nie bin ich in Sobowitz gewesen, oder wie das heißt.

ILSE · *zitternd* ·  Du warst nicht in Sobowitz?

STAS   Nein.

ILSE   Dann zeige deinen rechten Arm.

STAS   Meinen – – – Arm?

ILSE  Den rechten.
SCHULLEITERIN  Tu, worum dich die Dame bittet, Stas. Tu es.
STAS  Was wollen Sie sehen?
ILSE  Streif den Ärmel hoch.
SCHULLEITERIN  Tu was die Dame sagt.
STAS  Was ist – mit meinem Arm?
ILSE  Du hast eine Narbe dort, zwei Zentimeter unter der Beuge.
STAS  Ich habe keine Narbe.
ILSE  Aber du zeigst mir den Arm nicht.
STAS  Da ist keine Narbe.
SCHULLEITERIN  Ist das alles, was du zu erklären hast?
STAS · *starr* · Ich bin Pole. Ich kenne diese Dame nicht. Ich will nichts mit ihr zu tun haben. Diese Dame soll mich und meine Pflegemutter in Ruhe lassen. Darf ich gehen?
SCHULLEITERIN  Geh · *Stas wendet sich zur Tür* · Stas! Einen Augenblick! Stas! · *Sie eilt ihm nach*

Und er geht, ohne Blick, ohne Gruß. Ich bin allein. Ein Lehrerzimmer, in dem ich stehe. Warum stehe ich? Da ist ein Stuhl. Eine Mutter sucht die Schulleiterin auf, um sich nach dem Stand ihres Kindes zu erkundigen. Besteht Sorge, daß er nicht versetzt wird? Wo sind seine Schwächen? Französisch? Ein paar Nachhilfestunden, natürlich. Das dachte ich auch ... Ein bißchen gut Wetter machen, ein bißchen Werben für ihn, wie es jede Mutter tut, wenn sie mit dem Lehrer spricht. – Ein Lehrerzimmer, nichts weiter. Ein Lehrerzimmer – – –

SCHULLEITERIN · *wieder eintretend* · Es tut mir leid, Frau Bandomir.

ILSE  Fräulein Harasiewicz –
SCHULLEITERIN  Wie soll übrigens diese Narbe entstanden sein?
ILSE  Ein Russe wollte ihn aus dem Arm des Kindermädchens reißen, und dabei –
SCHULLEITERIN  Das ist diese Tschecha, von der in dem Brief die Rede ist · *Schweigen* · Sie müssen ihn verstehen. Seinen Stolz, als er selbst meiner Aufforderung nicht gehorchte.
ILSE  Sie sind ihm nachgegangen.
SCHULLEITERIN  Ich wollte die Narbe sehen · *Pause* · Ich habe sie gesehen · *Pause* · Aber in Sobowitz war er nicht...


CLÄRE BANDOMIR AN ACHIM, GENANNT STAS, WARSCHAU
Berlin, 15. Dezember 1956
Lieber Neffe,

vor einem dreiviertel Jahr machte sich Deine Mutter auf, um Dich in Warschau zu besuchen. Sie hatte Dich die ganzen zehn Jahre vorher nur von hier aus gesehen und nicht bedacht, daß Du da drüben im andern Land anders aufwachsen mußtest, ohne einen einzigen Gedanken daran, was sie um Deinetwillen erlitten und auf sich genommen hat, und ohne die Sehnsucht, die sie und Deine Geschwister nach Dir haben. Bis auf Jürgen, den jüngsten, können sich alle an Dich erinnern. Du hingegen hast keine Erinnerung mehr an sie, Du warst zu klein, als Du von ihnen getrennt wurdest. Die Enttäuschung war so auf beiden Seiten groß.

Ich habe lange überlegt, ob es gut ist, Dir das noch einmal zu schreiben. Ich bin die Schwester deines Vaters, und ich bin zu dem Entschluß gekommen, es zu tun. Wie lange noch, und Du wirst im Beruf stehen und mußt Dein Leben selbst bestimmen. Auf diesen Augenblick richten sich meine Gedanken.

Dein Vater ist 1945, kurz bevor Du von Deiner Mutter und den Geschwistern Wolf und Christa getrennt wurdest, in der Tschechoslowakei gefallen. Deine Mutter ist dann noch im gleichen Jahr nach Danzig zurückgefahren, wo sie Dich in Zoppot gefunden und von den Behörden erreicht hat, daß Du ihr wieder zugesprochen werden konntest. Damals warst Du etwas über drei Jahre alt. Du weißt nichts von ihrem Kampf um Dich. Leider gelang es ihr nicht, Dich nach Deutschland zu bringen – kurz vor ihrer Abreise wurde sie ohne Grund verhaftet und ins Gefängnis geworfen. Nur der Gedanke an Dich hat sie diese Zeit überstehen lassen. Nach ihrer Entlassung hat sie dann nur diesen Gedanken weiterverfolgt – Dich wiederzufinden. Da Du nichts von ihr wußtest, konntest Du nicht den gleichen Gedanken haben. Du mußtest vor Dir selber bestreiten, Deutscher zu sein, und Du bist als Pole aufgewachsen.

Aber geht es darum, ob wir Polen oder Deutsche sind? Denke einmal darüber nach. Zu welchem Entschluß Du dann auch immer gelangst, Du mußt wissen, daß Du am 15. März 1942 als drittes Kind von Eckehard Bandomir auf Sobowitz, Kreis Brontislawa (damals Brentau) geboren wurdest. Erkundige Dich dort und prüfe diese Angaben nach. Es gibt den Kutscher Kropidlowski mit seiner Familie, der sie bestätigen wird. Und es gibt Fräulein Tscheslawa Rschepitzka, Dein ehemaliges Kindermädchen, die Dir sagen wird, wie die Narbe auf Deinen rechten Arm kam; Tscheslawa war es, die Dich verteidigte, als ein russischer Soldat Dich ihr entreißen wollte. Schließlich hast Du noch ein weiteres Zeichen, an das ich mich genau erinnere: Deine beiden Ohren sind verschieden, am rechten Ohrläppchen hast Du ein kleines Loch; es verwunderte damals alle sehr, und ich war es, die dieses Löchlein entdeckte. Schau Dich im Spiegel an, so wirst Du es finden.

Zum Schluß noch eins. Deine Mutter hegt keinen Groll gegen Deine Pflegemutter, denn sie hat gesehen, daß Jadwiga R. Dich zu einem anständigen Menschen erzogen hat. Sie wird ihr das nicht vergessen. Aber sie wird nie verstehen, daß diese Frau die Wahrheit, die sie kennt, Dir vorenthalten hat. Du würdest uns eine große Freude machen, wenn Du uns ein Foto von Dir schicktest. Eine Wertmarke für Auslandsporto liegt bei. – Bald ist Heiligabend. Wir werden in der Weihnachtsmette Deiner gedenken. Viele Grüße von Deiner Mutter, Deinen Brüdern und Deiner Schwester sowie von Deiner Tante Cläre Bandomir.

ACHIM, GENANNT STAS, AN CLÄRE BANDOMIR
Warschau, 25. März 1958
Geehrte Frau,
ich erhielt Ihren Brief, Ihre Bitte kann ich nur bezüglich einer Antwort erfüllen, ein Foto besitze ich nicht. Also ich antworte – bin gesund, fühle mich wohl – bitte sich keine Sorgen um mich zu machen.
Ich habe den Brief nicht sofort beantwortet, denn es ist nicht angenehm, jemanden zu betrüben, und meine Antwort wird nicht so sein, wie Sie es wünschen.
Ich muß aber meinen Standpunkt erklären. Bitte mich zu verstehen – es ist mir gleichgültig, wo ich geboren bin und aus welcher Familie ich stamme, besonders, da nichts in meinem Gedächtnis haften geblieben ist. Ich bin hier sehr glücklich und schätze die Verhältnisse, unter denen ich lebe.
Falls Sie wirklich das Beste für mich wollen, so lassen Sie mich in Ruhe, komplizieren Sie nicht mein Leben.
Ich will keineswegs eine Änderung.
Ich will Maschinenbauingenieur werden, in drei Jahren mache ich mein Abitur, sodann das Examen für das Polytechnikum,

Sie sehen, alles ist vorgezeichnet. Ich möchte nicht, daß man mich darin stört. – Bitte mich nicht zu zwingen, auf Briefe nicht zu antworten.

Mit Achtung Stanislaw


RECHTSANWALT DR. BRONEK AN ILSE BANDOMIR
Posen, 25. Mai 1957

Durch die politischen Ereignisse in Warschau und die Wiedereinsetzung Gomulkas hat sich unsere Angelegenheit von neuem verzögert. Ich verstehe Ihre Resignation. Aber Frau Rekowska-Potowska hat natürlich den neuen Kurs benutzt, um die Aktion gegen sich als eine Tat des ancien régime hinzustellen. Doch besitze ich einflußreiche Verbindungen zur neuen Regierung, der unsere Hoffnungen gehören. Nur muß ich Sie bitten, mir Zeit zu lassen . . .


*Zeit . . . und die Jahre vergehen. Was hat sich geändert? Noch immer liegt das Dorf am Wald, auf einer Art Hochplateau, zu dem die Straße in Serpentinen aufsteigt, noch immer wird, wer an Regentagen hier entlangfährt, von melancholischen Stimmungen heimgesucht. Kilometerweit als Wegbegleiter der schwarze Forst, der Waldboden leergefegt wie eine Tenne, die Teerchaussee ein schmaler Riß darin, und hinter den Gittern von Regen und Wald die Sägemühle, man hört das hochziehende Geräusch der Sägeblätter, wenn sie durch den Stamm eines Baumes geglitten sind, Luft, Leere, das Nichts zermalmend, ein beunruhigender hoher Ton läuft die Serpentine hinauf, dann frißt sich die Säge von neuem ins Holz. Es ist lange her, seit Ilse Bandomir hier das letzte Bündel Kienholz gemacht hat. Das fünfte Jahrzehnt dieses Jahrhunderts rundet sich ab. Es ist Herbst. Bald wird man 1960*

*schreiben; Anno Neuzehnhundertsechzig,* denkt Ilse Bandomir – *das klingt freundlicher als bisher.*
*Sie wohnt noch immer in dem Haus oberhalb der Mühle, dem früheren Armenhaus der Gemeinde. Man kann nicht mehr sagen, daß Flüchtlinge darin wohnen. Wer denkt noch daran, daß diese hier geflüchtet sind – es gibt schon wieder neue Flüchtlinge, und die sind schlimmer dran als die hier. Hat sich nicht sogar ein gewisser Wohlstand ausgebreitet? Es ist unverkennbar, selbst die immer sparsame Gemeindeverwaltung hat dem Rechnung getragen und das Haus neu verputzen lassen. Im übrigen versammeln sich jeden Sonntag immer noch die Sänger bei dem pensionierten Lehrer, im Unterschied zu den Gründern der Sekte sind sie nicht weitergezogen. Was aber Ilse Bandomir hier hält, ist Jürgen; er geht drüben in der Alten Abtei zur Schule, in zwei Jahren macht er das Abitur, das Wolf und Christa längst hinter sich haben. Hinter sich hat Wolf auch schon sein Militärjahr – Militär! Ihr Junge! Unbegreiflich schien es Ilse Bandomir. Jetzt studiert Wolf auf der Technischen Hochschule, er will Architekt werden. Und Christa hat zwei Semester der Dolmetscherschule absolviert, mit Erfolg. Alle Sonn- und Feiertage kommen beide von Karlsruhe herüber, so weit ist das nicht, und finden sich ein bei der Mutter, deren Haar grau geworden ist.*
*Ja, und noch immer wird alle Sonn- und Feiertage der Tisch festlich geschmückt und der vierte Platz in der Reihe der Kinder mitgedeckt. Wolf und Christa haben ihren Widerstand als nutzlos erkannt und wohl auch als überflüssig. Das vierte Besteck wird stillschweigend mitaufgelegt, der vierte Stuhl dazugestellt . . .*

*Frommer Gesang dringt von unten herauf*

ILSE  Mach die Tür zu, Jürgen.

JÜRGEN  Du bist aber heute nervös, Mutti.

ILSE  So? Hast du den Tisch gedeckt?

JÜRGEN  Noch nicht. Für alle?

ILSE  Wie immer. Ich denke, Wolf und Christa kommen vielleicht noch.

JÜRGEN  Bei dem Regen? Auf'm Roller? Der Wetterbericht sagt, das Tief reicht bis zum Main. Aber gut, wie du denkst.

ILSE  Komm mal her, Jürgen.

JÜRGEN  Mutti?

ILSE  Glaubst du, Wolf und Christa kommen noch gern zu uns?

JÜRGEN  Es ist ja nur sonntags.

ILSE  Ach, mein Junge – du sagst immer die Wahrheit.

JÜRGEN  Was habe ich gesagt?

ILSE  Ja, sie gehören mir nicht mehr. Komm Jürgen, komm her. Setz dich hierhin. – Glaubst du, sie nehmen mich noch ernst?

JÜRGEN  Du fragst komische Sachen, Mutti.

ILSE  Glaubst du es?

JÜRGEN  Natürlich nehmen sie dich ernst. Und wenn Wolf – na ja, der denkt an seinen Beruf. Vielleicht hat er auch 'n Mädchen. Vielleicht langweilt er sich deshalb manchmal hier. Und Christa –

ILSE  Magst du deine Geschwister eigentlich? Ich meine – liebst du sie?

JÜRGEN  Mutti, wirklich – du fragst komische Sachen.

ILSE  Liebst du sie?

JÜRGEN  Ich hab Christa gern und ich hab Wolf gern, auf seine Art –

ILSE  Jürgen, könntest du dir vorstellen, ich wäre nicht deine Mutter, deine richtige Mutter?

JÜRGEN  Also Mutti – bitte.

ILSE  Könntest du dir das vorstellen?

JÜRGEN  Du fragst – wegen Achim? Weil der – von dir – nichts wissen will? Sieh mal, Mutti, er hat dich doch nicht richtig kennengelernt. Er weiß doch gar nicht, wer du bist – und wer wir sind. Ich – ich kann ihm das gar nicht so sehr übel nehmen. Sei nicht böse – wir haben ja nie drüber gesprochen.

ILSE  Sprich weiter, Junge.

JÜRGEN  Ich meine nur – ja: diese Pflegemutter, die er hat, die hat für ihn doch alles getan, was du – für uns getan hast.

ILSE · *stockend* · Oder – was ich – für dich getan habe – meinst du?

JÜRGEN  Ja.

ILSE  Und du meinst – das zählt allein. Allein – das zählt?

JÜRGEN  Ja. Jedenfalls weiß er nur das, und deshalb – deshalb liebt er seine Pflegemutter!

>ILSE  Ja. Jaja.
>*Der Gesang dringt von unten herauf*
>JÜRGEN  Nun singen sie wieder und immer dasselbe.
>ILSE · *lacht*
>JÜRGEN  Die könnten wirklich mal was Neues lernen – – –

CLÄRE BANDOMIR AN IHRE SCHWÄGERIN ILSE

Liebe Ilse. Das nachstehende Schreiben, das ich vor drei Monaten aus Warschau erhielt, wird Dir erklären, warum ich heute eine Reise antrete, die ich Dir und unserer Familie d. h.

Eckehard schuldig bin. Jadwiga Potowskas Brief ist datiert vom 18. Juli 1959 und lautet in Übersetzung folgendermaßen: Geehrtes Fräulein. Es verbietet sich mir, auf den Inhalt Ihres seinerzeitigen Briefes an meinen Pflegesohn Stas näher einzugehen. Sie schrieben damals auch, Stas sei von seiner Pflegemutter um die ihr bekannte Wahrheit betrogen worden (oder so ähnlich). Ich gestehe, daß mich kein Vorwurf von Ihrer Seite getroffen hat, aber dieser hat es getan und ist mir nachgegangen. Doch sehe ich mich heute veranlaßt, dazu Stellung zu nehmen.
Zunächst will ich Ihnen bekanntgeben, daß Stas von der Geschichte seiner Herkunft längst wußte, als Sie oder Ihre Schwägerin Ilse Bandomir es für notwendig hielten, ihn darüber aufzuklären. Alles das aber und ob er der Sohn der Frau Bandomir ist, interessiert ihn nicht. Er betrachtet mich als seine Mutter.
Doch welche Wahrheit habe ich Stas vorenthalten? Tatsächlich eine, die von großer Bedeutung ist, freilich weniger für Stas als für die Frau, die seine »wahre« Mutter ist. Die wahre Mutter – was weiß sie von ihrem angeblich untrüglichen Instinkt und der seelischen Verbundenheit mit ihren Kindern, wenn sie meint, die Bande des Blutes wären diejenigen, die allein alles bestimmen? Ich muß, geehrtes Fräulein, es Ihrem Gewissen überlassen, ob Sie diese Wahrheit, von der ich spreche, annehmen wollen oder nicht. Sie hängt mit dem geheimnisvollen Besucher zusammen, der bei den Kutschersleuten in Sobowitz vorsprach, und, wie ich weiter informiert bin, diese Besuche wiederholt. Ich stelle Ihnen anheim, selbst nach Sobowitz zu fahren, um dort zu ermitteln, was ich nur andeuten kann.

                                           Jadwiga Potowska

Soweit der Brief der Potowska. Liebe Ilse, verzeih, daß ich ihn Dir erst heute mitteile. Es ist mir jetzt erst gelungen, über gewisse Verbindungen hier ein Visum für Danzig und Umgebung zu erhalten; ich reise offiziell als Sekretärin eines Industrieunternehmens. Heute nachmittag geht mein Zug. Ich fahre nach Sobowitz.

Cläre

*Vor dem Kutscherhaus in Sobowitz*
POLE  Haloidokąd pani?
CLÄRE  Guten Tag.
POLE  Dzien dobry · *gebrochen* · Suchen Sie jemand?
CLÄRE  Ich will zu Kropidlowskis.
POLE · *gebrochen* · Da drüben. Beim Stall. Die Tür rechts.
CLÄRE  Dziękuję.

*Küche bei Kropidlowskis*
CLÄRE  Guten Tag.
KROPIDLOWSKI  Guten Tag.
CLÄRE  Erkennen Sie mich noch, Kropidlowski?
KROPIDLOWSKI  Ich ruf die Frau. Warten Sie.
CLÄRE  Ich bin – – – ich bin Cläre Bandomir.
*Er geht schwerfällig auf sie zu*
KROPIDLOWSKI  Herrn Bandomirs Schwester? Fräulein Cläre? Meine Augen – die Augen seit vorigem Jahr. Aber hören tu ich noch.
CLÄRE  Kropidlowski!
KROPIDLOWSKI  Fräulein Cläre, Ihre Stimme – · *ruft* · Jagna – Jagna – – –
JAGNA  Ja, Mann. Jadoch.
KROPIDLOWSKI  Na mach schon, Jagna. Besuch.
JAGNA  Ist er da?
CLÄRE  Wer?
KROPIDLOWSKI  Sie meint, der junge Herr ist gekommen.

CLÄRE  Der Junge?
KROPIDLOWSKI  Der Jerczyk, wie ihn die Frau genannt hat, die ihn aufzieht.
CLÄRE  Jerczyk?
KROPIDLOWSKI  Die Jagna – na sie hat gemeint, es ist am besten so, wenn er herkommt.
JAGNA · *tritt ein* · – – – Weil wir uns nicht getraut haben, es im Brief der Frau Bandomir zu sagen, Fräulein – Fräulein Cläre.
KROPIDLOWSKI  Das ist Jagna.
JAGNA  Guten Tag.
CLÄRE  Frau Kropidlowski – Guten Tag.
KROPIDLOWSKI  Weiß nicht, ob das gnädige Fräulein sich noch erinnern.
CLÄRE  Na, hören Sie mal.
JAGNA  Weil es ist, wir haben immer auf dem Vorwerk gewohnt.
CLÄRE  Aber natürlich erinnere ich mich, wenn ich auch nicht oft draußen war. – Und wie geht es Ihnen?
JAGNA  Nun, es ist besser geworden. Wenn ich an die Zeit denk, wo alles drunter und drüber ist gegangen, und wie die gnädige Frau zurückgekommen ist, im Winter, wie sie im Stall hat die Tschecha erkannt.
CLÄRE  Das war fünfundvierzig.
JAGNA  Und keiner hat geahnt, wie es kommen wird. Weil es vor allem die Tschecha war, die gesagt hat, als der junge Herr hier auftauchte: ich beschwör's, hat sie gesagt, der Achim, wer könnt es anders sein ...
KROPIDLOWSKI  Das erstemal, wie er kam, mit der Taxe, was wir geschrieben haben der Frau Bandomir – warum wir uns da keinen Beweis verschafft haben. Es hat eben jeder gemeint, er ist es, aber auch jeder.

JAGNA  Und dann ein Jahr, zwei Jahre nichts. Bis plötzlich die Frau mit ihm ankommt.

CLÄRE  Nicht die Rekowska oder Potowska, wie sie jetzt heißt?

JAGNA  Nichts, nichts. Namen nennt sie gar nicht. Fein, elegant. Bemalt das Gesicht und gut gerochen hat sie, muß man sagen. Dieser Junge ist Jerczyk, sagt sie gleich. – Jerczyk? fragen wir. Na gut, Jerczyk, aber mit richtigem Namen so wie er getauft ist worden heißt er Joachim, sagen wir.

KROPIDLOWSKI  Unser Achim. Aber sie: Jerczyk, sagt sie, geh herum, wo du gespielt hast. Bitte den Verwalter, daß er dich durchs Gutshaus führt. Sieh dir alles an. Nämlich weil du hier geboren bist.

JAGNA  Also es ist uns ein Rätsel, sagen wir. Was wollen Sie?

KROPIDLOWSKI  Da ist die aber schlau und sagt: Wie alt ist er, he?

JAGNA  Zum Glück steht Tschecha dabei, sie lacht –

KROPIDLOWSKI  Wir haben alle lachen müssen über das Getu von der Feinen, und es war auch zum Lachen zuerst –

JAGNA  Die Tschecha, die sagt nun: Achim war drei damals. Am 15. März, die Russen waren schon da, da wurde er ganze Drei.

KROPIDLOWSKI  Achim! Aber nicht der, sagt die Dame. Der war damals noch nicht ein Jahr. Folglich ist er niemals Achim. Das ist doch klar. Oder nicht? Und klar ist auch, daß er vollen Anspruch erhebt auf Geburt und Erbe, wenn es zur Entschädigung kommt auf das, was seinen Eltern und Großeltern gehört hat, dem Baron von Briesen und seiner einzigen Tochter Frau Bandomir.

JAGNA  Worauf wir meinen, daß es eine Betrügerin ist. Deshalb sagen wir: Na, vielleicht kommen noch viele, die behaupten, daß sie hier geboren sind. Aber Gott will, daß wir uns noch können erinnern, daß da immer nur vier Kinder gewesen sind und nicht fünf, wie Sie behaupten. – Wer behauptet das? fragt sie da. – Und da zählen wir auf, welche Kinder die Frau Bandomir drüben in Deutschland hat: Wolf, Christa, Jürgen ... der vierte Junge aber, der Achim oder Stas, wie ihn seine Pflegemutter nennt, der ist in Warschau, sagen wir, und wir haben geglaubt, Ihr Jerczyk da könnte es sein.

KROPIDLOWSKI  Aber wenn er Achim ist, müßte er die Narbe haben ... Und schon ist Tschecha bei ihm, streift ihm den Ärmel hoch – und da ist keine Narbe.

JAGNA  Bei Gott, keine – – – Aber das Gesicht und wie er so dasteht, da denk ich wieder, Ihr seliger Bruder, Fräulein Cläre, er steht vor mir.

CLÄRE  Sie täuschen sich nicht?

JAGNA  Wie werd ich. Sie werden's selber sehen, wenn er kommt, er will ja hierherkommen heute – – –

KROPIDLOWSKI  Jedenfalls da –

JAGNA  – – – da fällt es uns wie Schuppen von den Augen –

CLÄRE  Dieser Jerczyk, meinen Sie, ist – Ilses Kind?

JAGNA  Ja, Fräulein Cläre. Jerczyk ist Jürgen Bandomir.

CLÄRE  Aber Jürgen – Jürgen ist in Deutschland bei Ilse.

KROPIDLOWSKI  Nein. Frau Bandomir hat einen falschen Jürgen bei sich. Und wir alle: ich, die Tscheslawa, die Grete von Lewitzkas drüben und Frau Urbanowski – wir haben uns versehen damals sechsund-

vierzig, als wir den kleinen Tadek als Jürgen erkannten.
CLÄRE   Das tanzende Kind – war nicht Jürgen?
KROPIDLOWSKI   Nein, Frau Bandomir hat sich getäuscht, wir alle haben uns getäuscht. Jürgen Bandomir, der echte Jürgen, ist Jerczyk.
CLÄRE   Gibt es dafür Beweise, außer, daß seine Ähnlichkeit dafür spricht?
KROPIDLOWSKI   Ja. Wir haben seine Papiere gesehen ...


*Neujahr Anno 1960. Das fünfte Jahrzehnt ist ins sechste übergewechselt – es klänge freundlicher, sagten wir, und vielleicht wird es freundlicher als bisher: Neunzehnhundertsechzig.*
*Der erste Tag im neuen Jahr. Schnee bedeckt jetzt den Forst, ein klirrender Wintertag. Die Mühle liegt still, und es fehlt das hochziehende Geräusch der Sägeblätter, wenn sie durch den Stamm einen Baumes geglitten sind. In der letzten Kurve aber, bevor das Plateau mit dem Dorf und den Einödhöfen dahinter beginnt, werden wie immer am Sonntag oder wie heute am Feiertag Stimmen laut, singende Stimmen. Sie kommen aus dem Haus am Hang, dem früheren Armenhaus der Gemeinde, unten, aus der Wohnung des Lehrers ... Oben indessen –*

*Durch die offene Küchentür dringt Gesang herauf, dasselbe fromme Lied wie zu Beginn. Christa ist mit dem Sonntagsbraten beschäftigt*

CHRISTA  Diese Singerei kann einen ganz fummlig machen. Mach doch mal die Tür zu, Wolf · *Wolf schließt die Tür. Christa ruft nach nebenan* · Hast du den Tisch gedeckt, Jürgen?

JÜRGEN  Schon ewig. Richtigen Kohldampf hab ich. Mutter könnte jetzt wirklich kommen.

CHRISTA  Die Kirche ist längst aus.

WOLF  Seit wann ist Mutter fromm?

JÜRGEN  Vielleicht ist sie spazieren. Der Schnee, das gute Wetter.

WOLF · *gähnt* · Junge, Junge, bin ich noch müde.

CHRISTA  Verfeiert.

JÜRGEN  Verkatert.

WOLF  Halt 'n Mund, Kleiner. So 'n bißchen Alkohol wirft doch 'n starken Mann wie mich nicht um. – Und wie war's bei euch? Wart ihr noch lange auf?

CHRISTA  Ich nicht. Mutti hat noch allein gesessen.

WOLF  So allein brauchtet ihr sie auch nicht zu lassen.

CHRISTA  Du hättest ja hierbleiben können.

WOLF  Ich? Wann geh ich mal aus?

JÜRGEN · *kommt in die Küche* · Mutti hat noch bis spät in die Nacht geschrieben. Ich hatte so'n Hunger und bin nochmal aufgestanden. Da hat sie am Pult gesessen und geschrieben. – Gestern, ihr wart noch nicht da, ist 'n Eilbrief gekommen.

WOLF  Ein Eilbrief?

CHRISTA  Mir hat Mutti nichts gesagt.

JÜRGEN  Ich habe sie gefragt. Hat sie gar nicht gehört. Da hab ich sie nochmal gefragt.

WOLF  Und?

JÜRGEN  Lieber nicht.

WOLF  Was denn?

JÜRGEN  Angeschwindelt hat sie mich.

CHRISTA  Mutti? Du spinnst.

JÜRGEN  Spinnst selber. Wenn sie zuerst sagt: »Von Guddes!« und ich frag: »Was Wichtiges?« und sie sagt: »Nichts Wichtiges!« – und nachher find ich im Kohlenkasten den Umschlag.

WOLF  Absender?

JÜRGEN  Ratet mal.

CHRISTA  Du machst es aber spannend.

JÜRGEN  Ihr Anwalt in Posen.

WOLF  Hm – da liegt was vor. – Achim wird in diesem Jahr achtzehn.

CHRISTA  Und?

WOLF  Na darum dreht es sich doch. Mit achtzehn wird er mündig – in Polen wird man das mit achtzehn.

CHRISTA  Ich habe diese Geschichte nie richtig begriffen.

WOLF  Ganz einfach. Bis zum 15. März, also seinem Geburtstag, hat Mutter ein Recht auf ihn.

CHRISTA  Und danach?

WOLF  Nicht mehr. Fini. Dann kann Achim selber bestimmen, wohin er gehört.

CHRISTA  Das Verfahren ist eingestellt?

WOLF  Müßte das Mutter ausgerechnet jetzt erfahren? Silvester! Durch Eilboten?

CHRISTA  Du meinst –

WOLF  Mutter hat gesiegt. Achim ist ihr zugesprochen worden. Achim –

CHRISTA  – – – kommt –

JÜRGEN  Hierher kommt er. Klarer Fall.

CHRISTA  Bei dir ist immer alles »klarer Fall«. So klar ist das gar nicht.

JÜRGEN  Überlegt euch lieber, wo er schlafen soll ... Ich weiß: in meinem Zimmer. Wir stelln einfach noch 'n Bett rein ... in die Ecke am Fenster ... Aber wenn er nur polnisch spricht, wie unterhalten wir uns dann?

WOLF  Quatsch nicht so'n Blech, Jürgen.

JÜRGEN  Ich quatsch kein Blech. Ihr habt ja nie daran geglaubt, daß Achim kommt. Die einzige, die dran geglaubt hat, ist Mutti. Vielleicht noch Tante Cläre.

CHRISTA  Sag bloß Tante Cläre! Die kümmert sich gerade um ihn – und um uns. Seit Wochen hat sie nicht geschrieben. Nicht mal zu Weihnachten.

JÜRGEN  Bist ja bloß wütend, weil du nichts von ihr gekriegt hast. Ach bleibt mir doch gestohlen · *Geht hinaus, knallt die Tür*

CHRISTA  · *seufzt* · Was der immer gleich hat.

WOLF  Sieh mal, Christa: Jürgen ist jünger und weiß nicht, wie schwer es Achim fallen muß, plötzlich zu begreifen – – – Achim ist doch praktisch Pole geworden.

CHRISTA  Du meinst, es fiele ihm schwer – zu uns zu kommen?

WOLF  Ja.

CHRISTA  Aber warum ist er vor vier Jahren in Sobowitz gewesen?

WOLF  Vielleicht erfahren wir das schneller, als wir alle denken.

JÜRGEN  · *von draußen* · Wolf! Wolf! · *stürzt herein* · Mutti ist fortgefahren. Nach Berlin. Hier, der Zettel lag auf ihrem Schreibtisch. Zu Tante Cläre.

*Wohnung von Cläre Bandomir in Berlin. Ilse ist gerade angekommen und sitzt im Wohnzimmer, Cläre, über die Ankunft ihrer Schwägerin nicht erstaunt, hat ihr in der Küche etwas zubereitet und tritt mit einem Tablett ins Zimmer. Sie setzt es ab, Ilse erhebt sich –*

ILSE  Du hast ihn gesehen?

CLÄRE  Ja, Ilse.

ILSE  Und warum schweigst du seit sechs Wochen. Warum beantwortest du keinen Brief, seit du in Sobowitz warst? Ich habe dich beschworen: Cläre, was war in Sobowitz...?

CLÄRE  Was war in Sobowitz... Wie einfach, diese Frage. Wie oft habe ich in dieser Zeit versucht, dir zu antworten.

ILSE  Und warum hast du es nicht getan?

CLÄRE  Warum? · *Pause* · Weil du mich nicht verstanden hättest. Weil ich – einer Ilse schrieb – einer Ilse, die bereit wäre, aus dem, was ich da zu schreiben hatte, die Konsequenzen zu ziehen · *Ilse schweigt* · Aber bevor man das kann, muß man einsehen...

ILSE  *schweigt auch jetzt*

CLÄRE  Kannst du einsehen, daß es umsonst war – umsonst dieses Leben, das du seit fünfzehn Jahren führst – umsonst von dem Augenblick an, als wir hier fünfundvierzig in diesem Zimmer standen und ich dich hindern wollte, auf diese entsetzliche Reise zu gehen – bis ich merkte, daß nichts dich hindern konnte, nicht die Nachricht, daß Eckehard tot ist, und nicht, daß du Wolf und Christa in die Gefahr brachtest, auch noch ihre Mutter zu verlieren.

ILSE  · *ruhig* · Es war mein Leben. Wieviel davon vergeblich war – willst du es wissen?

CLÄRE  Nicht ich, Ilse. Es war dein Leben. Aber ich frage mich – Solltest du Achim zurückerhalten, frage ich mich, ob du sicher sein kannst, daß es sich gelohnt hat. Der Kampf um ihn ... deine Leiden.
ILSE  Wie – gelohnt? Du rechnest auf? Ich habe das nie getan, werde es nie können..
CLÄRE  Ilse, ich habe keine Kinder. Ich weiß nicht, wie das ist mit diesem Recht, das du einklagst, wie es wahrscheinlich jede Mutter einklagen würde. Was baut sich nicht alles auf diesem Recht auf? Vielleicht wäre die Menschheit nicht mehr, wenn uns dieses Recht fehlte. Ja, und es ist richtig, daß du es einklagst, sollen nicht alle Gesetze von Moral und Sitte zerfallen.
ILSE  Du sprichst immer noch von Achim.
CLÄRE  Von Achim? Ich habe nur von der Mutter gesprochen, nicht von den Kindern, die sie hat. Nur von dir spreche ich, Ilse. Von dir allein. Denn um dich geht es doch, geht es schon jahrelang, um dich geht es. Um dein heiliges geheiligtes Recht geht es, um die Rückkehr Achims zu dir. Darum geht es doch, nicht um Achim. Was aus Achim wird, ob er ein Mensch wird, ein ganzer Mensch, ungebrochen, stark, fröhlich, na ja und was ein Mensch eigentlich sein soll und was ihn ausmacht, ein Mensch mit einem Recht auf ein eigenes Leben, steht das zur Debatte? Steht zur Debatte, daß er Pole ist und gezwungen werden soll, die Haut zu wechseln? Er ist nicht Pole, erwiesenermaßen ist er Deutscher, er wechselt nicht die Haut, er ist ja dein Kind, dein Sohn ist er, mein Neffe, Bruder deiner Kinder, und wir, du und ich, wir sind Deutsche und – wir haben ein Recht auf ihn.
ILSE  Cläre –

CLÄRE · *leidenschaftlich* · Und mit diesem Recht führen wir Kriege und morden uns hin – was kommt es denn auf die Kinder an, die wir zur Welt bringen – und diesem Recht unterwirfst du dein Leben. Keine Stunde, keine Minute darin, in der du nicht an die Eintreibung dieses Rechtes denkst, an die Krönung deines Kampfes, an deinen Sieg über alle die Gewalten, die es dir streitig machen! – – –
Und ich, ich fahre nach Sobowitz – ich fahre nach Sobowitz, ja – – – und was erkenne ich: dein Kind, Jürgen, den du in diesem Kampf zurückerobert hast, dieser Jürgen, der da neben uns allen unter deiner Hand aufwächst, den du erziehst und dem du alle deine Liebe zuwendest in dem festen Glauben, nur dadurch könnte er jener ganze Mensch werden, den jede Mutter aus ihrem Kind machen will, und nur du, du allein wärst dazu imstande... Dort in Sobowitz – – –

ILSE · *sehr ruhig* · – – – stellst du fest, daß es Jürgen zweimal gibt. Den einen Jürgen, der bei mir ist, den ich mit mir nach Deutschland nahm und hier erzog. Und einen zweiten, der dir in Sobowitz gegenübertritt, im gleichen Alter wie mein Jürgen hier, wahrscheinlich den Geschwistern ähnlich, oder Eckehard, oder mir – – – · *leise* · Hast du das festgestellt, Cläre?

CLÄRE Ja.

ILSE Und nun sagst du dir, was sich jeder vernünftige Mensch sagen muß – du sagst dir: einer von beiden kann nur der richtige, der echte Jürgen sein. Und stellst weiter fest, daß der, der in Sobowitz dir gegenübersteht, der richtige ist.
*leise* · Ja oder nein, Cläre?

CLÄRE Ja.

ILSE  Du bist somit auf die Tatsache gestoßen, daß ich auf der Suche nach meinen Kindern ein falsches Kind an Jürgens Stelle an mich nahm – die Ungeheuerlichkeit also, daß ich einer anderen Mutter – die ich nicht kenne – ihr Kind wegnahm, zwar in dem Glauben, daß es mein eigenes sei, aber was macht es: du stellst fest, daß ich das gleiche getan habe, was ich einer anderen vorwerfe.
CLÄRE  Ja. Ja, Ilse. So ist es, genau so, und mit diesem Wissen kam ich zurück: daß dieser Jürgen, den du bei dir hast, nicht dein Kind ist. Eine andere hat ihn geboren ... und nur ein Zufall, eine dumme Schicksalsfügung hat ihn dir in die Arme gelegt, während dein richtiges Kind darum betrogen wurde, von dir aufgezogen, verwöhnt, bemuttert zu werden.
ILSE  Alles das siehst du ... kommst zurück ... und schweigst. Warum, Cläre?
CLÄRE  Warum? Warum? Du kannst es dir nicht denken? · *Pause*
*hart* · Weil ich mir sagen mußte: wenn die richtige Mutter Jürgens, des falschen Jürgens an deiner Seite, vorausgesetzt sie lebt noch; wenn sie von ihm erfährt und ihn zurückfordert, mit der gleichen Härte und Unnachgiebigkeit, wie du Achim zurückforderst, der dein Sohn ist – was dann? Welche Wurzeln mußt du aus dir reißen, um ihn der anderen zurückzugeben, und welche Wurzeln aus ihm, dem Kind, um das es eigentlich gehen sollte?
Darum habe ich geschwiegen. Ich mußte schweigen, ich konnte nicht anders. Denn nur darum ist mir zu tun, nur um das eine: ich möchte und ich muß verhindern, daß du um jenen Jungen, dem ich in Sobowitz gegenüberstand und der unzweifelhaft dein Sohn ist –

daß du auch um ihn einen Kampf führst wie um Achim.

ILSE · *schweigt, dann* · Wie sieht er aus?

CLÄRE  Er sieht aus wie Eckehard. Wie ein jüngerer Bruder von ihm.

ILSE  Was hat ihn bewogen, nach Sobowitz zu fahren?

CLÄRE  In Danzig kursieren seit Jahren die unsinnigsten Gerüchte über Entschädigungen, die von Seiten Deutschlands auch denjenigen gezahlt werden sollen, die sich nicht auf deutschem Boden befinden. Oder noch nicht. Jürgen – Jerczyk, wie er von seiner Pflegemutter genannt wird – ist offensichtlich von seinen Pflegeeltern animiert worden, seine Herkunft beglaubigen zu lassen. Nicht der Wunsch, zu dir zurückzukehren, hat ihn nach Sobowitz getrieben, sondern allein die Hoffnung der Pflegemutter auf sein Erbe. Die Leute, die ihn angenommen haben, scheinen vermögend zu sein – oder mindestens gewesen zu sein. Der Pflegevater hat jetzt wohl die Absicht, sich von seiner Frau scheiden zu lassen; seitdem ist sie mehr denn je erpicht, das Kind »zu versorgen«. Es kann sein, daß sie selbst davon profitieren will – auf keinen Fall ist sie gewillt, den Jungen herzugeben. Es soll ihm freistehen, sagt sie, wenn er mündig ist, zu gehen wohin er will.

ILSE  Hast du ihm die Bilder gezeigt?

CLÄRE  Er hat sie sich interessiert betrachtet. Er ist gewandt. Wenn Sie Frau Bandomir sehen und die Geschwister, grüßen Sie sie. Es ginge ihm gut. Er käme alle gern mal »besuchen«, und dabei – zur Pflegemutter hin – sagte er: Natürlich nur, wenn du mitkommst, Mama.

ILSE  Weiß er von Achim?

CLÄRE  Er hat von ihm gehört, aber er glaubt die Geschichte nicht recht. Auf alle Fälle kennt die Pflegemutter die Rekowska. – Jürgen ist aber erst im Kinderheim von ihr abgeholt worden, als die Rekowska schon fort war mit Achim.
ILSE  Weiß sie, daß Achim mir zugesprochen werden soll?
CLÄRE  Sie weiß von dem Prozeß, möglicherweise hat die Rekowska oder Potowska, wie sie ja heißt, sich mit ihr getroffen, als sie zur Verhandlung nach Zoppot mußte.
ILSE  Dann weiß sie jetzt sicher auch, daß Achim mir zugesprochen worden ist.
CLÄRE  Daß Achim · *sie stutzt* · – was ist mit Achim?
ILSE  Die Gerichte haben entschieden. Achim ist mir zugesprochen. Dr. Bronek hat es mir gestern mitgeteilt.
CLÄRE · *fassungslos* · Du – hast gewonnen.
ILSE  Ja, Cläre. Achim ist mir zugesprochen worden. Nur – ob dieser Spruch zu spät eintraf, ob er früher hätte erfolgen müssen – ich weiß es nicht.
Mein Leben ist dahingegangen mit halben Entscheidungen. Daß ich 1945 nicht alle vier Kinder mit mir nahm – nun gut. Ich bin nicht mit der Rücksichtslosigkeit versehen, die ein solcher Entschluß verlangt hätte. Ich habe fünfzehn Jahre lang versucht, meine unheilvolle Entscheidung zu korrigieren. Ich glaubte, das sei den Einsatz meines Lebens wert. Manchmal, zwischendurch, ist mir der Gedanke ein Trost gewesen, daß es Achim ja gut geht. Die Rekowska liebt ihn. Diese Liebe hat ihn vor schrecklichen Dingen bewahrt... Aber ich schob das beiseite, schnell, als wäre es allzu bequem, mich damit

zu beruhigen. Nein, ich wollte wiedergutmachen, rückgängig machen, einen Fehler korrigieren... Nur ich konnte meine Kinder erziehen, nur mit meiner Liebe konnten sie groß werden... bis ich jetzt dabei war, wieder das Falsche zu tun, indem ich mich jetzt mit aller Rücksichtslosigkeit wappnete, die mir damals fehlte. Abermals das Falsche? Mehr, mehr als das Falsche, Cläre, diesmal hätte ich in meinem Wahn, es sei nur so zu retten, wahrhaftig das Leben meines Kindes verspielt.

CLÄRE  Du willst auf Achim verzichten?
ILSE  Ich muß immer an die Geschichte vom Kreidekreis denken. Zwei Frauen streiten sich um ein Kind. Jede behauptet, die wahre Mutter des Kindes zu sein. Da zieht der Richter mit Kreide einen Kreis auf die Erde, legt das Kind in den Kreis und fordert die beiden Frauen auf, das Kind zu ergreifen – diejenige, die es zu sich hinüberzöge, sei die wahre Mutter. Eine der beiden Frauen aber läßt das Kind los, weil sie ihm nicht weh tun will. Die andere reißt es heraus zu sich. Da erkennt der Richter, daß nicht sie die »wahre« Mutter ist, sondern die andere.

Ich habe gestern dem polnischen Gericht geschrieben, daß ich den Spruch nicht annehme. Ich gebe Achim frei. Achim und Jürgen – Achim, der Stas heißt und Jürgen, den man Jerczyk nennt –, sie mögen bleiben, sie mögen kommen, wie sie wollen. Aber ich werde Jürgen, den falschen Jürgen, wie du ihn nennst, auf Achims Platz, auf den vierten Platz setzen. Gott gebe, daß er ihn einnimmt. Es liegt nicht mehr in meiner Hand.

*Das Dorf liegt am Wald, auf einer Art Hochplateau, zu dem die Straße in Serpentinen aufsteigt. Wer an Regentagen hier entlangfährt, wird von melancholischen Stimmungen heimgesucht: kilometerweit der schwarze Forst, die Teerchaussee ein schmaler Riß darin. Rauschend stürzt der Regen herein wie durch ein Leck. Hinter den Gittern von Regen und Wald eine Sägemühle – unten an der ersten Kurve. Man hört das hochziehende Geräusch der Sägeblätter. Es läuft die Serpentinen hinauf, an der Waldwand sich brechend.*
*In der letzten Kurve vor dem Dorf liegt, an den Hang gelehnt, das frühere Armenhaus der Gemeinde. Flüchtlinge bewohnen es. Aber wer denkt noch daran, daß sie geflüchtet sind – unten der pensionierte Lehrer und oben eine gewisse Frau Bandomir mit ihren Kindern ...*

Das auf Seite 93 zitierte Gedicht vom „Kaschubischen Christkind" stammt von Werner Bergengruen. – Die auf den Seiten 111–114 verwendeten Protokolle entstammen dem Bericht „Die Todesbrigade" von Leon Weliczker (aus dem Buch „Im Feuer vergangen, Tagebücher aus dem Ghetto". Verlag Rütten und Loening, Berlin MCMLX)